FACING THE FROZEN OCEAN

One Man's Dream To Lead A Team Across The Treacherous North Atlantic

征服冰封海洋

贝尔北大西洋探险记

[英] 贝尔・格里尔斯/ 著
王芳芳/ 译

金城出版社
GOLD WALL PRESS
中国・北京

图书在版编目（CIP）数据

征服冰封海洋 ： 贝尔北大西洋探险记 / （英） 贝尔·格里尔斯著 ； 王芳芳译. -- 北京 ： 金城出版社有限公司, 2025.2

书名原文: FACING THE FROZEN OCEAN

ISBN 978-7-5155-2623-2

Ⅰ. ①征… Ⅱ. ①贝… ②王… Ⅲ. ①纪实文学一英国一现代 Ⅳ. ①I561.55

中国国家版本馆CIP数据核字（2024）第020566号

征服冰封海洋：贝尔北大西洋探险记

ZHENGFU BINGFENG HAIYANG: BEI'ER BEIDAXIYANG TANXIANJI

作　　者	(美)贝尔·格里尔斯
译　　者	王芳芳
责任编辑	李轶武
责任校对	郝俊伟
责任印制	李仕杰
开　　本	710毫米×1000毫米　1/16
印　　张	15.75
字　　数	199千字
版　　次	2025年2月第1版
印　　次	2025年2月第1次印刷
印　　刷	鑫艺佳利(天津)印刷有限公司
书　　号	ISBN 978-7-5155-2623-2
定　　价	59.80元

出版发行	金城出版社有限公司 北京市朝阳区利泽东二路 3 号　邮编：100102
发 行 部	（010）84254364
编 辑 部	（010）64391966
总 编 室	（010）64228516
网　　址	http://www.jccb.com.cn
电子邮箱	jinchengchuban@163.com
法律顾问	北京植德律师事务所 17600603461

献给我非常想念的父亲，

还有莎拉，

她为我生了杰西——我们的小儿子，

如果父亲还在世，

也一定会十分喜爱他。

目　录

01

冒险之梦

不入虎穴，焉得虎子。不探险，则一事无成。

——尼尔·阿姆斯特朗

天色已经晚了，但我们仍然没有靠近露营地。我忐忑地瞟了一眼冰川，此时我们在海拔大约5791米的珠穆朗玛峰险要关口。我摸索着握着绳子，厚手套下的手在瑟瑟发抖，内心充满了恐惧。

攀岩设备之间的金属碰撞声让我有些昏昏欲睡，我努力合上眼再睁开，尽量让呼吸保持均匀，我把鞋钉刺进冰里踩实，然后静静地等着。米克离我有约9.1米远，正在破碎的冰块上小心翼翼地移动。这里到处是冰隙，此时我们已经在这个冰冷的死亡陷阱中走了9个多小时，又累又饿。

我将鞋钉拔了出来，战战兢兢地往前走了几步。每走一步我都在估计冰川是否能承受我的重量。突然间我感觉冰在我脚下裂开了！我屏住呼吸，四周非常安静，仿佛能听见自己的心跳。然而，我脚下的冰再次开裂，失去落脚点的我跌了下去。

在一层薄冰掩藏下的冰隙的灰色冰壁上，我被撞得天旋地转。鞋钉和冰壁的摩擦力将我抛到另一边，重重地把我的肩膀撞在冰体上。我继续往下坠，突然安全绳拽住了我！我悬在了半空，听到自己的尖叫在脚下的黑暗中回荡。

不断掉下的冰块砸在我头上，猛烈的冲击力迫使我的头不断后仰，有几秒钟我甚至失去了知觉。一恢复知觉，我就立刻抓住绳子，悬在半空，看着冰块落进脚下的黑暗中。突然周围如死亡般寂静。

肾上腺素充斥了我的全身，我发现自己在一阵一阵地抽搐。我再次尖叫起来，四周的岩壁回荡着我的声音。我抬头看了看，有道光漏了进来，再看看脚下，是漆黑的万丈深渊。我惊恐极了，疯狂地试图扒住墙，但是它太滑了。我挥动着冰斧想凿进冰壁，但无济于事。鞋钉划过冰壁发出刺耳的声音，绝望中我攥紧了头上的绳索，往上看。

我 23 岁，却要命丧于此。

5 年后，2003 年 9 月。泰晤士河上。天下着雨。我抬头看着天，希望杰西洗礼这一天能有个好天气。

这是我早就计划好的。

神父将站在我们那艘驳船的旧木甲板上，他的长袍在秋风中飘扬，那风沿泰晤士河呼啸而过。在家人的见证下，他将用我从珠穆朗玛峰峰顶融下的冰山雪水，为我们可爱的儿子杰西进行洗礼。

在此之前，我和妻子莎拉要填一些表格，逐一回答一系列问题。

“职业？”

“什么？”

“我需要把你的职业写在这里。”

“好吧。”

“那么，”莎拉问道，“你是做什么的？”

我讨厌这个问题。对大多数人来讲这是再简单不过的问题，对我来说却一点儿都不简单。

如果我是个房地产经纪人，该多简单啊，写起来也容易。

探险家？听起来太白负。

登山者？我倒是总爬山。

励志演说家？只是一部分，但并不是全部。

电视主持人？有时候是，如果有人请我的话。

作家？偶尔为之，并不怎么出色。

“随便你写什么都行。”说了等于没说。

事实上，我觉得自己好像不适合任何职业。

但是在内心深处，我渴望体验与众不同的生活，一种让我觉得做什么都很开心的生活，并且通过分享这些不平凡的经历来谋生。我想，这就是我的工作。

“哦，就写房地产经纪人吧，亲爱的。”我对她说。

人们常用“勇敢”和“古怪”这两个词来形容冒险者，但说实话，这两个词我都不怎么喜欢。我不是特别勇敢：在遇到很多事情时我都很犹豫，并且过于敏感，这对我而言并非什么好事。在我们生存的这个奇怪世界里，我常常感到恐惧和脆弱，和家人分开24小时我就会想念他们。至于“古怪”，我并不认为自己古怪：的确，有时候我会去冒险，但其实我非常谨慎。我太清楚概率法则：你靠幸运成功的次数越多，风险就越高。

我只知道我一直在像父亲教我的那样生活。

我父亲去世还不到3年。他的辞世毫无征兆。那时他刚做完心脏起搏器的手术，恢复得很不错，前一分钟还坐在床上，后一分钟就撒手人寰。我实在不能接受这个事实，要知道他才66岁。一个寒冷2月的早晨，眨眼之间，父亲就与世长辞。我现在所拥有的全都是他教我的——我多希望每天都能想起一些他曾教过我的事。

我的整个童年都待在怀特岛，他教我登山、航海。我热爱我们在峭壁和大海上度过的时光。我热爱那些惊险、刺激和挑战，但我更爱在他身边的感觉。

我常常会在“裉节儿”想起那些特殊的日子，也许是在重大研讨会的后台，我将要走出去面对一片陌生的人海的紧张时刻。那时我会感觉自己是地球上最孤独的人，我不知道，为什么在走上台之前的那几秒，我总会想起父亲。

记得有一次他送给我一艘约2.1米长的旧木船和一个更旧的大约0.7千瓦的舷外发动机。到了圣诞节，他给船加了一个舵，这样我就可以像个船长一样，在港口附近驾驶它了。

他引导我，塑造我，让我自由。

“听着，贝尔，”他跟我说，“人生中只有两件事真正重要。第一是要有梦想，第二是要照顾你的朋友。除此之外，其他的都无关紧要。”

这就是人生的精髓。

如果我在学校考得很糟——其实我总是考得很糟，他会告诉我再努力些，但绝不要把这些看作世界末日。他会对我做鬼脸，用滑稽的声调跟我说话，紧紧抱住我。我在那些时刻学到的人生道理，比我在学校的大部分时光所学到的还多。

在我8岁生日之后不久，父亲给了我一幅巨大的珠穆朗玛峰挂画，我立刻将它挂在了墙上。在黑暗中我可以目不转睛地盯着它好几小时，想象着登上峰顶的感觉。那地方如此遥远，如此空旷，而且连避风的地方都没有，在猛烈的暴风中登上去的真实感觉究竟是什么样呢？在我小小的卧室里，那个攀登珠穆朗玛峰的梦想就这样诞生了。我暗自发誓：总有一天，我会站在世界的顶峰。

毕业后，我参了军。在英国皇家特种空勤部队服役三年，直到一次跳命事故差点要了我的命，我才结束了军旅生涯。

当时我在南非执勤，意外发生在一个傍晚时分。跳伞前一切正常，尔后我的降落伞却没能正常展开，好在撕裂的伞盖减缓了我的下降速度，我得以侥幸活了下来。不过我伤得很重——脊柱摔断了三段，被非洲的医生称为“幸存下来的‘神人’”。这的确是个奇迹，为此我每天都对上帝心存感激。

我进进出出军队的康复中心治疗达半年之久，骨伤治好了，但是信心的重建着实花了很长的时间。攀登珠穆朗玛峰的念头在那时看起来像在做白日梦。

但是从哪里跌倒，就要从哪里爬起来。当我的身体渐渐好转时，我内心就开始蠢蠢欲动。很快我发现攀登珠穆朗玛峰的念头又来了，这种渴望成了我康复的动力。两年后，我有机会加入一个三名登山者组成的登山队，大家可以一起攀登珠穆朗玛峰。我深知圆梦的机会来了。这很疯狂，但这是我的机遇。

当时我作为士兵每天挣 45 英镑，而我需要花费 15000 英镑才能参加这次探险。我卖掉了我能卖的一切，还贷了款，并且幸运地获得了戴维斯·兰登 & 珠穆朗玛公司的赞助，机遇之门就这样轰隆隆地打开了。

我和小时候在怀特岛时就认识的朋友米克·克罗斯维特一起加入了探险队，领队是尼尔·劳格顿——他是我在军队的战友。我们花了三个多月的时间，朝珠穆朗玛峰峰顶进发。终于在 1998 年 5 月 26 日早晨七点二十二分，太阳从喜马拉雅山脉升起之后，我们队伍中两个筋疲力尽的人站在了世界屋脊之巅。那一刻能够梦想成真，完全仰仗幸运、友谊和信仰，站在珠穆朗玛峰峰顶的感觉和我以前想象的一样，甚至比那还要美好。

两年后，在英国皇家救生艇协会协助下，我带领队伍，骑水上摩托艇成功环航大不列颠岛一周。那是我和莎拉完婚后的第一个夏天，她开着一个装满简便油桶的野营车跟在我们后面，这当然不是莎拉喜欢的假期。她认为我们疯了，但是我和队员觉得非常开心——我们此举是为了助力慈善事业。而和自己最亲密的伴侣一起追逐梦想，这是我的事业。

我一头扎进了冒险的世界里，部分是因为喜爱，但更多的是因为我发现，这是为数不多的几件我可以做好的事情之一。

2000年年初，我读到一篇文章，文中介绍一个英国团队在恶劣环境里探险的事迹。他们企图用一艘硬底橡皮艇，横跨北极圈以南的北大西洋。在骇人的环境中他们表现得十分英勇。过程中遭遇低体温症和冻伤，曾两度求救——一次是把他们从格陵兰岛附近海上摞在一起的浮冰块中抢救出来；另一次是在冰岛附近的风暴中，救援人员把他们抬到渔船上。但他们仍然完成了航程，全部平安归来。

这引起了我极大的兴趣。

“你觉得在没有任何援助的情况下，乘坐这种硬底橡皮艇能横渡北大西洋吗？”我开始询问许多航海界朋友的意见。

面对我的提问，他们通常都会哈哈大笑。我看着他们，等他们笑完之后给出答案，但没有人回答我。

“肯定行的，”我自问自答，“它肯定是可行的。”

这个想法一直在我的脑海中萦绕。

乔治·克鲁尼主演的好莱坞电影《完美风暴》，拍摄背景也是英国探险队探险的北大西洋，讲述的是一帮渔民出海后再也没能回来的故事。我曾看过那部电影，感到非常害怕。此时我又看了一遍，这次感受却不同。我仔细研究了整个过程和海上环境，以了解海浪和风暴是怎样形成的。我试着想象如何用一个小的开放式硬底橡皮艇去应付这些海浪和风暴，身为领队我又该做出怎样的决策？是返航还是冒险前进？不知不觉中，我发现自己已深陷这个探险计划之中无法自拔。

冰山、狂风暴雨、鲸鱼、拉布拉多海……我开始夜夜失眠，脑海里不断浮现出无穷的想象。但最重要的是，白天扎实的研究使我相信，横渡北大西洋计划无疑是可行的。

3 年后，我们做到了——勉强。本书就是这次探险的记录，记录了我们如何在寒冷的气候下，成功跨越了浮冰纵横、激流暗涌的北大西洋最北海域。

2002 年年末，我受邀为《德布雷特今日人物》写序，我并不确定该写些什么。我想阐述探险的本质以及它为什么如此吸引我。但是本质太难用语言表达了。我最后也只能这样写：

探险，在我看来，就是比别人多踏出的那一步。当你朝高海拔山峰迈进，呼吸局促，体力不支，只能手脚并用爬行的时候，意志是最重要的。是继续向顶峰迈进还是调头返回，意志起了决定性作用。关键时刻的不同决定，让他们的人生也各个不同。

我并不认为我们团队中的人，包括我自己，有谁会觉得自己与众不同或者技高一筹；我们是一群热血青年，训练有素，充满团队精神，在寒风刺骨、气候恶劣令人惊惧的时候，我们之间有种特殊的凝聚力，让我们紧密团结在一起。这种凝聚力你很难去定义，但正是因为这种力量我才愿意冒险。正是因为它，起初我们决定投身探险，也正是因为它，最后我们都能平安归来。

对全世界的探险者来说，“平安归来”才是最重要的。

02

打造最佳团队

如果你想建造一艘船，不要抓一批人来收集材料，不要指挥他们做这个做那个，你只要教他们如何渴望浩瀚的大海就行了。

——《小王子》作者安托万·德·圣-埃克苏佩里

我一直担心，在探险过程中，如果队员真的遭遇什么不测，我该如何通知他们的家人。你想想，午夜时分，在离大陆大约644千米以外裹挟着冰雹的暴风雨的海上航行，人该有多么脆弱。

想象在一艘滑得要命的小型充气式硬底橡皮艇船上走动，船上的充气管又滑又硬，且冰冷刺骨。即使在最恶劣的条件下，有些事情还是得做——你无法避免在船上走动。在漆黑的巨浪里，在46.3千米/小时的航行速度中，在颠簸的船上，稍有不慎，就会失足落进水中，不管我们如何努力，把一个落水的人救上船几乎是不可能的。

我该如何告诉他们的家人？我可以用什么样的话来为我的追梦行为辩解？没有任何梦想值得用生命交换，我知道我需要为此负一切责任。这常常使我夜不能寐。

这次探险不同于以往，过去——参加珠穆朗玛峰探险，行前会议时我喜欢坐在后排，聆听队长的讲话并照做即可。就像其他队员一样，偶尔我也会发发牢骚——这可是队员的特权。我甘于当个队员，安心听命行事且乐在其中。

但突然之间，我成了领队，要做出那些艰难的决定，担负起责任，这对我来说非同小可，也让我感到十分紧张。我即将带队进入全世界最危险的海域，我的决定关系到大家的生死——他们可不是一般人，而是我的朋友。

我并未刻意争取当这次探险的领队，只是碰巧而已。学习如何当领导并非易事，好在过去的经验给了我不少启示。曾经给过我们指导的学校老师和指导者都深深地影响了我们，塑造了我们，为什么我们会饱含深情地想起他们中的一些人，而对另外一些人心怀敬畏？那些让我心悦诚服的领导者实际上远比这要多，特别是在我服役期间，那些我愿意与之并肩作战甚至愿意为之付出生命的人，都是让我感到与众不同、愿意为我涉险的人——我的巡逻队长就是这样的人：我们困在沙漠四天后，他仍愿意将他仅剩的最后一丁点水与我分享，也会在关键时刻为我挺身而出，并告诉我“没问题”。

在征服珠穆朗玛峰的探险中，尼尔·劳格顿是个了不起的领队，他是我能依靠的朋友，在其他人犹豫不决的时候他能够当机立断。我想如果他加入这次探险，将会有一个不错的开始。在我看来，当领导其实很简单，只要想想我喜欢怎样被领导就能知道——当我感觉我做的事情至关重要，当我负责专业领域的时候，当登山绳索、氧气筒、补给食物或者任何东西都归我管的时候，当我被人信任的时候……这样的感觉是非常好的。

所以我希望团队中的每个人都能在自己负责的领域里担当起重任，在这次探险中发挥真正的作用。我希望他能做决定，并且对自己的所作所为感到骄傲。有的领导喜欢独揽一切，却无法避免出错，以致最后成了众矢之的，我可不想成为这样的领导者。我不希望这次探险大家仅仅是围绕着我，而是我们每个人都是领导者，大家一起全力以赴。

当这个计划在航海界传开时，简历如潮水般涌来，有十年甚至十五年经验的人，仿佛个个都是专家，人人都想参与。但对我来说，他们缺少的是我在团队中最看重的部分，我需要的不是“专家”——我当然需要训练有素、能力过人的人，但更重要的是，我希望这次探险对他们自身而言也至关重要。我要找的人，希望他们对这次探险义无反顾、全心全意、充满激情，不论成功与否，都能同舟共济。

我要找的是知根知底且值得信赖的人，我希望他们即使几天没睡、双手湿冷、冻得发紫、颤抖不已，仍然愿意在凌晨3点的暴风雨中，从浸湿的食品袋中翻出能量棒给你的人。我想要的是这样的人。

我挑选队员的条件，第一要善良，其次才要求勇敢，再次才是优秀。那些偶尔需要安慰的人，危机时刻往往能与众不同，他们的意志就会显现出来；我对从不知道畏惧的人并不怎么感兴趣，有勇气的人并不是内心没有恐惧，而是明白恐惧是人之常情，能够认识到人类有克服恐惧的能力。我要找到那些也希望发掘自己内在的人——内心深处的直觉和本能能带给我们惊喜，并常常超出我们的预期。但人们往往难得有机会去发掘自己内心的这一部分。

如果我要驾驶硬底橡皮艇进入危机四伏的荒凉水域，我要确定自己有可靠的队友。最后，我选择了与朋友们一起冒险。

米克·克罗斯维特是第一位成员，说句真心话，也是最重要的一个，他是我的好朋友。从记事起我们就认识，从童年到上学、参军，直到探险珠穆朗玛峰成为搭档。

米克是我的铁哥们，一路走来，他象征着正确的判断力、真心的支持。他的存在是如此重要，说来也奇怪，只要他在，我就无后顾之忧，从不需要四下警惕地张望。我知道自己可以百分之百地信赖他，这种友情非常难能可贵。

米克天生认真专注，过去在泛欧洲网络通信公司——迪斯克力公司工作，他干起活来不惧怕任何困难。就像他参与一场探险时一样，只是投入了不同领域，他能全神贯注，完全旁若无人。

可以确信的是，在从伦敦飞到加拿大开启我们这次航海之旅的那天，到达希思罗机场的他还穿着西装，用他的话说是在高管会议上刚刚敲定了一个“大买卖”。让路人大跌眼镜的是，他直接就在第四航站楼的落客区换上了登山装备。他关上手机，然后放到一边，在完成这趟往返 9600 公里的旅程回到苏格兰前，他是不会再开机的。

米克工作繁忙，因此他即便有心为这次探险多做点准备工作，也无法做更多贡献，有几次，他真是惹恼了我。我告诉他，如果你想成为一分子，你就要从现在开始努力，我对他说：“我不是你的员工，你不能随便敷衍了事，米克，跳出你的工作状态，你得开始投入这次探险了，而不是蜻蜓点水。所有人都很努力，你却总是迟到早退。你也知道，这让人无法接受。”电话那头一片寂静，但没有挂机，他在沉思。

“你需要做个决定了，米克。”

这是一次很难开口却十分重要的谈话，它改变了一切。其他队员需要确定，米克将全身心投入探险前的准备工作，而不仅仅是参与实际的探险航行。这次探险不同于登山，后勤准备比小型登山队更加复杂，出发前的准备需要全体队员投入大量精力。如果米克不这么做，其他人就要分出精力来做本该他做的事情，偶尔一次还可以，但久而久之，会让人厌烦，心生嫌隙。

“我该走了，米克。”然后我就挂了电话。

下一个会议见面时，米克带来了好多气象学数据资料，前所未见。作为我们的气象专家，他现在可以算是称职了。他是第一个加入团队的成员，却是最后一个进入状态的人，不过这都没关系，重要的是我的得力助手重新归队了。

我们在珠穆朗玛峰上增强了真挚坚定的友谊。我们同生共死，但是在那 3 个月的最后关键时刻，当命运、天气和健康程度选择谁能真正最后站在珠穆朗玛峰顶端时，命运选择了我。我只是更幸运一点儿，仅此而已。

米克在距离顶峰约 107 米的地方氧气不够用了。随即他瘫倒在约 8687 米海拔的雪中，生命垂危。我在 2 号营地用无线电呼叫他，他平静地告诉我，他估计只能活 10 分钟了，随后电话那头陷入了沉默，没有任何回应。我比他低大约 1524 米，我的好友一步步迈向死亡而我却无能为力。我惊慌不已，脑海中闪现的却是我该如何告诉他的家人这个噩耗呢？

与此同时，尼尔·劳格顿找到了他，帮他站了起来，两人一起蹒跚着到了南峰山脊。两小时后，体力不支、精神恍惚的米克，失足滑倒，往下滚了将近 152 米。事实上，他有可能就此命丧珠穆朗玛峰，但是他活了下来，最终被救下山。他很清楚自己曾和死亡如此之近。

特别是在我登顶之后，米克在珠穆朗玛峰的反应，更让我由衷敬佩，他从不觉得自己有再回到珠穆朗玛峰重新尝试一次的必要，能活着对他来说就是一种褒奖，我认为我们全队能安全返回是他的功劳。为了再攀登那额外的 107 米而冒险完全没必要，许多登山者都为此付出了惨重代价，我们的队伍也是，如果你想在那八分之一死亡率的珠穆朗玛峰上赌一把，你需要先知道，你不可能总是赢家。

有些人认为登顶是最重要的，他们大错特错，活着才是一切。媒体并不在意米克其实比乔戈里峰攀登得更高。在他们眼里，他并没有成功登顶。但对我来说，我们曾一起攀上珠穆朗玛峰，没有任何区别。

我曾看过一段话，成功时为你鼓掌、失落时伴你左右为你鼓劲的人才是真正的朋友。米克就是这样的朋友。这也是为什么这次探险，他的加入对我来说如此重要。

对我来说，接下来的挑战就是如何告诉他的父母，我觉得他应该自己去说。

“米克，你是个成年人，看在上帝的分上，不要这么扫兴。”我告诉他，应该由他来告知家人这个消息，也应该是他来面对他母亲的不安，而不是我。“别拖拖拉拉，等他们从报纸上知道这件事。你真是太令人难以置信了。你简直就像个把头埋进沙里的鸵鸟。嗯，告诉你吧，我才不要为此受到责备，你可别想轻松窃笑着走开。”

我们两家人关系格外亲密，打从记事起，我们就很熟了。米克的父亲是我爷爷的教子，我们两人的母亲都叫萨莉。然而，尽管如此，在探险出发前，只要看到他母亲我就有些紧张。这一切都源于 16 岁时我和米克的那次冒险，我们大声宣布，从明天起要开始存钱去参加跳伞，结果我们第二天就去了。这事错在我而不在米克——在克罗斯维特一家人的心中，这是一种共识——是不靠谱的贝尔把老实的米克带进危险的境况中。他们每次都不忘提起这事。

参加跳伞，交不靠谱的女朋友，参军，登珠穆朗玛峰，乃至今日的航海探险，莫名其妙，米克干的这些事都是我的错。

奈杰尔·汤普森是我在泰晤士河上的邻居，我们的船相距不到 91 米。他先认识的莎拉，有次我们出游时，大家同住一栋房子，从那以后，他和我成了好朋友。我们在当地广场吃了太多的丹麦酥皮饼，几乎每天都欢乐地谈论当地咖喱餐馆里的服务生侯赛因和穆罕默德。在我认识的人当中，他最有黑色幽默感，还有一副美丽柔软的心肠。

是什么让我们处得这么好？我们会一起调侃一些事情，也很容易开怀大笑。我想这点很重要。但当然不只如此，我们在一起时感到很舒服，就朋友而言，这点很棒。奈杰尔也是我小儿子杰西的教父。

他一直对航海和船只充满热情，从中学到大学都是一个出色的赛艇手。我十分不解为何他如此痴迷高科技航海产品，他最喜欢的娱乐就是在小船上恶搞。因为我们都经常在海上，自然而然地成为驾驶游艇的最佳船友。

我和奈杰尔一同参加各种船展的次数远多于其他人，我们谈论船的次数多得几近病态。我知道他从未体验过极限环境下的驾驶，而我们这次探险将会面临最多考验。但他内心有股冒险的欲望，渴望生命中有更多与众不同的挑战。他的知识、精力和想要加入冒险世界的激情，都是参与这次探险所必需的特质，我知道他是一起实现梦想的最佳人选。

我永远也不会忘记我和奈杰尔一起逛伦敦船展的那个特别的日子。我们一起闲逛，尽可能多地和一些船舶设计师、建造师聊天。我已经累得不行了，但奈杰尔仍兴致勃勃地说个不停。

"在流动的海水中，这种垂直的船头还能破浪前进吗？"他问。然后他们就开始热烈讨论起来，说着一些我听不懂的专业术语。不行，我得出去透透气。"奈杰尔，我们等会儿再回来吧。"我建议道。

他不太情愿地同意了。造船师伸手来和他握手，然后递上了自己的名片。

"如果你需要帮忙，不管是什么，尽管直接开口，如果真的要去参加这次冒险，你需要最好的硬底充气快艇，打电话给我就好了。"

奈杰尔谢过他。造船师等着奈杰尔继续开口，奈杰尔迟疑了一会儿，在口袋里摸索了半天，才从兜里掏出一张他的资产鉴定人名片，递给了他。

"好的，如果你需要什么帮助的话……"他停了一下，"比如说买购物中心之类的，尽管和我说。"他愉快地说。当我们离开时，那人仍然不知所措地站在那里。购物中心？他到底在说些什么？

奈杰尔从不缺乏幽默感。当我们受困在来自冰岛的暴风雨中，他的脚被冻伤了，面对天寒地冻，他仍不失幽默，在风中喃喃地对我说："你觉得咖喱店的侍应穆罕默德，此时会怎么应对呢？他还能不能推得动他那辆装着40个印度炸面包圈的手推车？”

一开始我就问奈杰尔要不要加入这次探险，他毫不犹豫就答应了。他在伦敦卢森·米歇奈尔资产鉴定公司工作。但他很清楚这是他的一个机会，一个丰富人生体验、让自己更卓越出众的机会。自始至终，他都极力参与航程，这点殊为不易。

对我来说，这次探险最大的好处是能够真正改变人的生命历程。这一点我深有体会。探险能让人为之骄傲。也许它并不那么张扬，但确实是件伟大的事。

从一开始，奈杰尔就非常支持我。我们不断地讨论这次探险，他协助我制作提供给潜在赞助商的宣传手册。即便是工作日的晚上，他也会熬夜帮我打印出一批宣传手册，并在第二天早上送到我的船上来。我知道如果没有他，这次探险绝不能成行。

我会和奈杰尔一起花几小时搜集信息，不断地比较各种路线、船只设计、各种装备，以及这次探险所有细节的优劣。他是队员中没有受过军事训练的两名人员之一，有些事情对他来说还很陌生，但他上手非常快，随着时间的流逝，他慢慢地适应了。

我天性坦率，讨厌阴阳怪气或者话里有话，喜欢有话直说，更希望别人当面直接说出心中的想法。我有个姐姐，她口快心直，和她在一起时我总是直来直去，因此养成了这种性格。我发现实话实说能消除彼此间的误会，尽管有时会让人很不愉快，但从长远角度看，人们还是更欣赏彼此能够以诚相待。

有天晚上，有件事我和奈杰尔很难沟通，于是就直截了当地问：“怎么了，奈杰尔？你为什么这么说呢？”他含糊其辞带过去了，我们继续干活。说实话，随后我就把它抛到九霄云外了。但第二天凌晨3点多，奈杰尔打电话来说他无法入眠，他说很抱歉，但他并不是有意要伤害我。我安慰他说没什么，这都不是事——其实并不是，那类事情一般并不容易做。奈杰尔的敏感、细腻、贴心使他成了一个讨人喜欢的人，比如他打的这个电话，对我们来说，通常就是能拖就拖，能不打就不打。我确信他是我们这次探险中可以倚重的人。

查理·莱恩是我的学长，比我高一级。我们一直认识，而且在一起玩得还不错，但一直没有成为密友。离校后的十年间我可能只在聚会中见过他两次。

然后有天我突然接到了他的电话。那时我和莎拉还在阿尔卑斯山夏蒙尼，查理费尽了周章才找到我们的电话号码。他问我是不是可以见个面，聊聊我的探险计划，他说会寄给我他的简历。从学生时代开始，他就是一名自由摄影师，有许多优秀的作品：与 BBC 新闻纪实节目《今晚与特雷弗·麦克唐纳共度》《他们眼中的明星》合作，此外还制作过一部 12 集纪录片，讨论美式生活奇特的一面。

查理给我打电话那阵子，我正忙得不可开交，每天奔走在各个公司演讲，忙完还要赶回法国和莎拉团聚。我几乎没有时间待在伦敦。但他依然坚持要见我一面。

“我们就在盖特威克机场喝杯咖啡吧！”他提议。

他的积极热情给我留下了深刻的印象，最终我们在机场的芬尼根酒吧见了面。我告诉他我计划横渡北大西洋，也毫不隐瞒地告诉他，我已跟另外一个摄影师约定好了。

“实话实说，”我说，“那个人有可能会成为我们的摄影师。他经验丰富，充满热情，他跟我们一起去的概率是百分之九十九。对不起，老伙计，没机会了。”

查理表示理解。“但是别忘了我就行。”临别时他又补充道。

从此，他每星期都会打电话给我。“有什么新消息吗？”他锲而不舍地问。

2002 年 10 月，情况突然有了变化，原定拍摄这次探险的摄影师威尔·英汉姆，由于制作公司不愿支付给他这次探险旅程的费用而无法成行。当时，我们也无力支付薪水给他，奈杰尔帮我在银行开的探险账户余额仍然是零，连一分钱也没有。没有制作公司的赞助，我们不能给摄影师任何承诺，连买救生衣的钱都没有。

还有，有些事情总感觉不太对劲。我对花钱雇人参加探险有点不安。我需要的是义无反顾跟我们一起冒险的人，而不是为了钱才加入的人。这不是一份工作，每个人都应为之付出全部。

按此逻辑，查理就是最适合我们的人选了。为了参加这次探险，他一直锲而不舍地追着我。圣诞节后不久我就打电话给他，问他有没有改变主意。这次冒险需要孤注一掷，没有酬劳，而且至少要耗费 6 个月时间。当然，我会负责给他提供这次探险中所需的其他东西，如装备、机票等，但是他付出的时间和专业技能则是无偿的，如果能接受就加入，否则就算了。

我暗自发誓：如果这些他都答应了，等条件允许我一定会补偿他，给他买一个最好的相机。后来，我兑现了对查理的承诺——给他买了相机，可以肯定，这是我好长一段时间里最值得的一笔花费。

像奈杰尔一样，查理毫不犹豫就同意了，不放过这大好机会。我非常欣赏他这一点。他在夏蒙尼找到我的时候态度非常坚决，还想尽办法在芬尼根酒吧和我见面，后来还一直追着我问——这些都促使我选择了他。

也许查理并不怎么了解海洋，也没有太多航海经验，但是他的热情和勇敢能弥补这些不足。他就像一块海绵一样，如饥似渴地学习着航行的新技能。我见到过他在波涛汹涌的海域掌舵时还不忘翻阅学习，也曾不止一次见他，在漫无边际、雾蒙蒙的拉布拉多海上，不断向奈杰尔请教航海问题。总之，不管是什么，从紧急无线电示位标的频率，到紧急呼叫程序，再到打结、磁变等他都渴望知道，似乎每一件事他都兴奋不已。

记得海上试航那天，当我向船的一头看去，我发现对面的查理笑得很开心，他真的很享受每一个在海上的时刻。

后来查理回忆道：

我刚从澳大利亚回来，就听说了贝尔的计划。我想加入的愿望战胜了一切，要是给他打个电话会怎样呢？我不知道是否应该对此抱有期待，之前我只是在非洲海岸附近坐过一次游艇，我的直觉告诉我，这次海上探险一定是奇迹之旅。

选择米克、奈杰尔和查理时，性格是我首先考虑的要素，他们都是我认识、信赖的人，他们也同样了解我，我觉得我们能生死与共。没错，他们就是我的伙伴。

但在确定工程师的时候，我没有遵循我的经验法则，为此我曾一度忧心忡忡。开始，我们希望米克能够胜任工程师一职，那时他正痴迷牵引机。谁曾想他竟然无法发动20世纪40年代产的老牵引机——整台车冒着浓烟卡在坡道里。于是，我们不切实际的希望像清晨阳光中的薄雾一样消逝了。“米克，我很喜欢你，”我告诉他，“但是我们需要一个专家。”

显而易见，我们将会驾驶单引擎船，因为我们要航行的距离是如此之远，而且所能携带的燃料十分有限，因此物色专业工程师显得尤为重要。毫不夸张地说，这个单引擎可谓是我们的生命线，如果它不工作了，就算我们的团队再强大、再勇敢都没有用。

我从来没有如此严重地依赖于机器，从前在高山上探险，人的因素才至关重要，但这次不同，保持这个引擎的正常运转关系到此次探险的成败。我需要这样一个人，就算是引擎遇见了最糟糕的情况，他都能让它继续运转。

米克和我都曾在军中服役，自然而然，也顺理成章，我们希望皇家海军能够参与这次探险活动。

我与以前的海军同事威利·宾法特上校联系，请他将我引荐给海军公关组。在施罗德伦敦船展中，我们坐在前排，而海军公关组就坐在我们的正后方，我想他们应该对我们感兴趣。其实远不止这些，如果这次探险成功，海军的加入则正好能展示他们冒险涉难、团队合作和专业的核心价值。最后我们和皇家海军达成了协议，他们愿意派出一位专业的工程师加入我们的探险。

海军还帮我们联系了朴茨茅斯航海中心负责人海军少校比尔·罗思韦尔，让我们的充气式硬底橡皮艇可以在朴茨茅斯停泊。此外，海军提供了试航所需的20吨燃料，这远远超出了我的预期。

海军对我们的帮助远不止这些，他们具有前瞻性的建议和帮助至关重要，特别是还帮我们联系了丹麦和加拿大两国的海军，如果我们遇到了困难可以向他们求救，据我所知，他们可是北极圈内唯一的海上救援队。我们渐渐明白，这次探险的成功，海军的协助将十分重要。（当然，你得想办法阻止这些海军兄弟带你出去喝酒，对此我有切身体会，千万不要和他们一起出去喝酒。）

舰队通信中心负责人阿利斯泰尔·哈利迪上校在《海军新闻》上登了一则广告：

寻海军工程师一名，志愿参与艰苦卓绝的北方海域探险，待遇从优，有额外假期，但全程无船舱抵挡风浪，而且可能会遭遇严寒等悲惨情况。

我们总共收到三份简历，准备从中甄选出一位。第一个面试者是海军中尉安迪·利弗斯。我们在伦敦我的驳船上见面。看起来他很喜欢这个环境，他告诉莎拉，船上的厨房小巧可爱。当提起厕所时，他会用“船头”二字来代替，他是个彬彬有礼的海军绅士。

那天阳光明媚，我建议安迪不妨和我开着小充气式硬底橡皮快艇在泰晤士河上兜一圈。我经常带人去船上兜风，通常他们不是感到不舒服，就是不知所措，他们都需要一些时间来适应。但安迪不同，他在快艇上十分自在，我清楚地记得他整理好绳索，用一只手打布林结并绑在船支柱上的动作是多么精确、专业、完美。

我们准备爬上硬底充气快艇时，听见莎拉在船里和她母亲通电话。她听到我们攀登甲板的声音，就不假思索地说：“我不敢相信，妈，贝尔说他要让这些人经历选拔过程，我觉得他是认真的。我听到他们在甲板上的动静了，他让中尉做俯卧撑呢。可怜的中尉可是穿着他最好看的裤子呢！”

好在安迪并不这么认为，对他来说，做俯卧撑并没有那么难（我发现他其实挺喜欢做俯卧撑的），不管怎么说，我相信安迪·利弗斯就是我们需要的那种人。安迪资历深厚，幽默、勤劳、谨慎。17岁时就加入了皇家海军当了一名水兵，一路升为军官，然后再到南安普敦大学进修机械工程。目前他是驱逐舰“纽斯卡尔”号的副轮机工程师。

我几乎不准备见另外两个应征者。

后来，安迪回忆道：

我最要感谢的是我的母亲，她是《每日电讯报》的忠实读者，她在上面读到一篇文章，讲贝尔计划横渡北大西洋。文章的标题是《这就是冰封的极限吗？》。她把文章寄给我说，这应该很对你的口味，也许你应该去试试。

很快我就现身伦敦为面试做准备。我经历过不同的面试，但是贝尔面试的方式是：在泰晤士河上驾驶一艘约 74.1 千米 / 小时航速的小艇！我们玩得愉快。关于这次探险我知道得越多，就越渴望加入这个团队。

我知道安迪是合适的人选。于是，我们与哈利迪上校协商，确保安迪能从皇家海军转来参加这次探险。

我要求皇家海军保证：第一，安迪需要全职投入这次探险中，不可以中途因为有别的任务或行动把他调回军营。我得让安迪明白，即便他的部下被派去伊拉克或者其他地方，他也要参加这次探险。我明白，如果战争爆发将使他非常为难：他们是他的部下。安迪明白我的意思，点头同意。当安迪要参加探险的消息传开后，他的部下被派去处理英国消防署罢工事件，而不是支援波斯湾伊拉克战争，所以，他只是错过了一个把自己搞得湿漉漉的机会而已。

我需要来自海军的第二个保证是他们需要支持我做这次探险的领队，如果需要授权的话，他们必须是我的幕后支柱。我觉得这些需要尽早明确下来，让安迪清楚他只是我的副手，而我才是发号施令的指挥。

我的两个要求都获得了同意。

能办成这件事，我大大地松了一口气。对我们来说这可是件大事。能得到世界上最优秀的海军第一流工程师的支持，我深感荣幸。

在接下来的几个星期里，我被安迪的专业性深深地折服了。引擎和燃料系统都由他负责，他定期拿来图表数据，让我知道如何将船的性能提高到最佳状态。他天性谨慎，做事稳健，和我正好互补。最重要的是，我认为，在海上，在压力之下，他是可以帮我做出正确决定的人。

米克的确在某种程度上是促使我向皇家海军寻求协助的关键人物，他认为海军的加入会让我们更有安全保障。他说，如果海军仅仅是“赞助方”，一旦有什么问题，他们派出搜救人员的意愿可能比我们船上有他们的人要低。我们现在有了受过专业训练的工程师，他对大海、气象、燃料管理了如指掌。我知道在这艘小船上，我们掌握的知识越多，就越有利。

安迪还是心地善良的人。我不想要一个只是在工作上能力非凡、过度自信的人。对我来说，在疲惫地工作了一晚后，还能细心地把毛毯给你的人才是最珍贵的，安迪就是这样的人。

这就是探险的全体船员：米克、奈杰尔、查理和安迪。我深信他们各自的实力，希望我们可以合作愉快。虽然前途未卜，我们还处在磨合期，难熬的日子还在以后等着我们呢。但我们的确团结在一起了。我清楚地记得凝聚力产生的那一刻。

就在出发前往加拿大的前几天晚上，小组成员待在一起开会，一丝不苟地逐条检查全程的各个环节。一开始，这类会议都是我主持，告知他们计划的安排，但这次会议不同，他们每个人都参与讨论并发表意见，大家完全沉浸在地图、燃料比例图、波形数据、海军资料图、丹麦海军紧急救援程序、无线电呼叫代码等所有你能想到的东西中。太不可思议了！有些他们谈论的东西我甚至听不懂。我静静地坐在一旁看着他们。从他们的声音语调中，我能感受到前方有什么在等着我们，这次探险对我的重要性和意义同他们是一样的。此刻，我们已融为一体。

这正是我一直在追求的境界。我暗自高兴，开了一瓶红酒。

“为未来干杯！”我举起酒杯。

“为未来干杯！”大家附和道，连头都没怎么抬，继续沉浸在数不清的表格中。

这就是我的团队。我明白自己是个幸运儿。

03

艰难筹备

跌倒七次，第八次站起来。

——日本谚语

看一眼本书最后冗长的赞助商名单，很容易让人误以为这是探险史上筹集资金最容易的一次。

事实并非如此。

其实这次探险原定于 2002 年夏天展开，但因为资金不足被迫延期。更糟糕的是，在接下来的两年里我们也没有筹到什么钱，一点儿都没有。

人们通常会认为探险的世界既浪漫又光鲜，但现实远非如此。真正的探险大都是在寒冷、潮湿和恐惧的情况下完成的，当温度骤降至零下、持续不回暖的时候，无论哪种定义下的所谓“浪漫”很快就会消失殆尽。虽然影视里的探险，主角通常都会在两小时内逢凶化吉，但对现实中的我们来说，两小时后，我们还待在那里——持续面对寒冷、潮湿和恐惧，而且很长时间都不会有任何进展。

另一个关于探险的真相是，你百分之九十的时间都花在了准备工作上。对我们来说，这个准备期长达两年，其间充满了不确定和自我怀疑。那时收到婉拒我们要求赞助的信的速度，几乎比我们送计划书的速度还要快，我不断地问自己：“为什么就是行不通呢？”

我每天都在挣扎着试图找到答案。

当你对一件事情倾注了所有却一无所获，那感觉就像被不停地掴耳光一样，真不好受。生活从来都不是一帆风顺，只要能够始终如一，热血坚持，最终我们都能够达到目标。

很多时候，人们建议我还是接受现实，改行做别的。有时我也会琢磨：也许他们说的是对的。日复一日，每当收到印有公司商标的信件时我都会异常兴奋，但是读完委婉的回绝信后，随之而来的总是深深的挫败感。月复一月，事情还是没有任何进展。我变得愈发难以释怀，也越来越难相处。

在那两年里，我和奈杰尔发送了数百封企划书，每一封都印制精美，妥善封好。可是我们一直没筹到钱，尽管有几次，我们几乎看到了希望。

我们最初的策略是找一个赞助商，只要付25万英镑就可以独占冠名权，享受全部广告宣传效益。我们希望这能一劳永逸：一下就能解决这次探险所需的费用，我们就再也不用为此担心了。

白白过去了好几个月，这个看似充满希望的大诱饵却没能吸引半条鱼儿上钩。就在希望快要破灭的时候，英国电信出现了，他们似乎很感兴趣，还邀请我们到他们在伊普斯维奇的办公室介绍情况。米克和奈杰尔特意为此请了一下午假，我们一起开车去了。在英国电信硕大的会议室里，我们竭尽全力企图说服他们。但我们很快发现，他们根本拿不出如此巨额的赞助，这笔费用实在是太多了，于是我们开始讨价还价。

过了一会儿他们问："你们觉得9万英镑可以吗？"

"嗯，可以……只是……"我回答道。

遭到那么多次拒绝，不管什么条件我都可以接受，我所希望的仅仅是能完成这次探险。在英国电信的会议室里，我们已经开始盘算怎样用9万英镑的预算来完成探险，如果我们买二手快艇，削减工具数量，精简通信设备可以省下来多少钱……但在内心深处，我知道这些想法实在是荒谬之极！

英国电信最后打消了赞助念头，我们的银行账户余额还是零。如果他们当时答应了我们，我们早就开始了一次并不完整的探险，我们航程的安全性也会因此大打折扣，这会使本来就没有安全保障的我们雪上加霜。

我曾经在一本杂志上看到大探险家雷诺夫·费恩斯的一段话："最重要的是不要偏离目标——坚持到最后的才是赢家。"我把它剪了下来，夹在卧室镜子的边框上面，每次看到它都会热血沸腾。我心里明白，寻找赞助是件非常磨人的事，我都有点儿迷失了。显然，我们需要换个思路。

罗伯特·斯旺是另一个我非常敬佩的人。他曾带队前往南极和北极探险。我们是朋友，我们在伦敦由旧船改造的房子就是从他那里买的。罗伯特是个好人，我很敬佩他。他行事低调，却总能把事情做得有声有色。我很欣赏这一点。某个仲夏之夜，差不多就是这个时间，在皇家地理学会的一次讲座中，我偶然遇到了他。会后，我们躲开乱哄哄的喝酒人群，坐在花园里的台阶上闲聊。我向他寻求建议和帮助。很快我就意识到，他的建议字字珠玑，价值连城。

他告诉我，与其只找一个总赞助商，不如做些简单的小额方案，增加赞助商数量。道理显而易见。"这样更容易成功，"他继续说道，"你曾在很多公司做过演讲，他们都很欣赏你的冒险之旅。如果价格合理，不需要花太多钱，就能说服他们支持你的计划。"我很认真地听着。"给他们提供免费咨询，再带他们出海体验一天，然后要求他们赞助 1.5 万英镑，而不是高得离谱的 25 万英镑，这样他们的公司商标不但可以冠名赞助，而且能轻易让员工有参与探险的感觉。"

他说得太对了！

一个公司要开出 25 万英镑的支票，不但需要经过董事会的批准，而且还需要合适的机缘，设计出的提案正好完全符合他们公司的核心价值……这并非易事。但如果他们可以自始至终参与探险，既能让公司曝光，又能让员工获益的话，让他们开出一张 1.5 万英镑的支票就简单得多。"你需要做的，"罗伯特总结道，"就是找到 12 个接受这种方案的公司。”

于是我开始不折不扣地按照他的建议修改计划书。我们重新做出了价值 1.5 万英镑的赞助方案，然后再度向各公司提出申请。但不知道为什么，我们还是频频碰壁。

我完全搞不懂这是为什么。

只好继续发出更多的计划书。

2002 年 9 月的一天，我们受到了一次非常沉重的打击——一天之内，收到 4 封婉拒函，全都来自我锁定的有把握的公司。“我不敢相信他们竟然都拒绝了，”我无奈地喃喃自语道，“这些都是我看好的公司啊。”我不禁有些迷惑，双手抱着头。我们的小狗妮娜，像平时一样跑过来趴在我的脚前。我听到门外有个声音说：“贝尔，你还好吗？”

是我们在码头的一个邻居，海迪 - 简 · 史密斯。

我们的船和另外九只船都停泊在泰晤士河的同一个码头，我之所以选择住在这里，是因为在这个巨大、冷漠的城市里，我们却与众不同——我们有一个船屋社区，在这里人们彼此关心、互相照应。这让回家的感觉变得太美妙了。

我告诉海迪我们的探险进展得很不顺利。她静静地等待我说下去。

“嗯，”过了一会儿她说，“要不给我一份你们的方案吧？我不能给你任何承诺，但我可以把方案给我在维多石油公司的同事们看看，说不定会有结果。”

第二天我又看见了海迪。她微笑着敲门。

我打开门。“他们愿意赞助。”她对我说。

“什么？”

“他们接受 1.5 万英镑的方案。维多石油公司说他们愿意赞助。”

我简直不敢相信！当下就把海迪抱了起来，抱得紧紧的。长久以来我不断听到拒绝，现在竟忽然有人答应赞助了。维多石油公司成了我们的第一个赞助商！那晚，我开始盘算：如果只用1.5万英镑我们能完成这个探险吗？

离探险还差十万八千里呢。

不久，奈杰尔所在的卢森·米歇奈尔资产鉴定公司也接受了这个方案。这一消息让我发了狂似的重新计算如果用3万英镑我们能不能完成探险。这仅仅是开始。答应合作的喜讯接踵而至，我们的希望和信心也慢慢在增加。卢森·米歇奈尔资产鉴定公司之后是英国壳牌石油公司，接着是拉法基建材公司。最后，英国电信也回心转意——现在这个价格对他们来说可以接受。

我发现有个规律屡试不爽：我们去游说的公司越多，就越有机会送出更多的计划书，这样他们就会明白我们的目标，这样的方式不但简单明了，也合情合理。我越来越有信心，那些公司也都能感受到这一点。有种动力在后面推动着我们。

最终，两个月内我们集齐了所有主要的赞助商。一共有12个公司，从加拿大的通用汽车到英国的《每日电讯报》，每家公司提供1.5万英镑的赞助费，但我们还需要游说一家公司作为我们的冠名赞助商。

我们计划以一家公司的名称来冠名这次探险之旅，这次探险所有的新闻报道和商标，包括船的名字、计划名称、演讲主题及此后的所有活动都将使用这个名字，整套方案的总赞助费用是5万英镑。

2003年年初船展前，我得知一家瑞士公司英国大师（专业制表集团），试图通过一家演讲经纪公司与我联系。他们非常喜欢我曾在《每日电讯报》上发表的一篇关于“危险”的文章。当然更重要的是，他们看到了商机。这个公司创办人是几个来自洛桑市的瑞士人艾瑞克·洛思和琼-玛丽·弗洛伦特。我与他们联系上时，他们表示正积极地设法恢复公司与英国探险界的合作，回到往日与著名南极探险家沙克尔顿和斯考特的那种关系，他们想重整亚诺表这个牌子，然后在全球上市。

“嗯，我们还有一个赞助商名额，而且……”我顿了顿，接着直截了当地说，“如果你们能在48小时内做出决定，我们就有足够的时间用亚诺表的商标装饰整艘船，让她在3个星期后的伦敦船展上亮相。那个效果将是惊人的。”

不久前，伯爵宫船展的策展人答应我，会把我们的船放在前排的展台上展示，那是弗朗西斯爵士的“舞青蛾”号在1976年船展时展出的位置。这是一种至高无上的荣耀，我有些受宠若惊，我明白这可是一生中难得一次的大好机会。我们要好好利用这次机会。

英国大师很快就意识到这是个千载难逢的良机。他们希望将这次的探险队伍命名为“‘亚诺’号北大西洋探险队”。不过这个英文名有点儿拗口，以至于我在答录机上试了7次才流利地念出来，但我们最终用的就是这个。第二天，他们回电表示愿意支付5万英镑冠名费。我们从没见过面，只是通过电话交谈就达成了协议，这可真是一场超完美的交易。

于是，我们把他们公司的商标送去打印。1月的一个寒冷早晨，我们在船展外第一次见面。当时地上仍有积雪，我们把半成品船只安置好，调好聚光灯以便所有的人都能看清楚。艾瑞克和琼-玛丽看到这些，不禁露出了微笑。这艘船太完美了。我们总算快熬出头了，终于有了足够的资金按照我们希望的样子进行这次探险。我们真的要开始这场探险之旅了！

为了赶上这次船展，我和造船的工人们费了九牛二虎之力，在我们的共同努力下，终于顺利完成了任务。在开展前一天，整个团队竭尽全力，工作到深夜。

亚诺表的商标完全包覆在架子的底座上，地图经防水处理后贴在两侧，英国幕斯托运动用品公司的人体模型则穿上了防水衣，高高地立在半成品船体模型的船身上，整个船体看起来生气勃勃。每天回家前我都会轻轻地拍拍船身，这将是我们的家，是我们在冰雪覆盖的大海上唯一的依靠。夜晚里，船体剪影下覆盖着众多祝福者的签名，我觉得它美得无与伦比。

我筋疲力尽，莎拉也是。她不得不看着自己精心收拾的家，逐渐堆满各种工具、商标和救生用品。就连圣诞夜也不得安宁，除了没完没了的电话，还要熬夜干活。我尽力想让家看起来像个家，却力不从心。新年时，已经有 4 个月身孕的莎拉，仍尽可能地帮助我，但我看得出，她十分疲惫。

年初时莎拉就怀过一次孕，但最终流产了。莎拉几乎痛不欲生。在医院里，她抱着我痛哭，看着她悲痛欲绝的样子，我也十分难过。莎拉流产了，我们的心里一下子变得空荡荡的。我们失去了我们一直希望的一切。

生活让我们经历了很多磨难。在短短两年时间里，我们都经历了丧父之痛，莎拉的父亲布莱恩在我父亲过世的 10 个星期前离世。从那时起，很多个夜晚我们都依偎在一起哭泣，因此，那时她的怀孕让我们燃起了一丝希望。可是我们没有保住孩子，人生无常，我们只能不断地挣扎泅渡。我痛苦至极。幸好莎拉坚强无比，像从古至今的伟大女性一样，她无声地、慢慢地振作起来继续生活，她真是激励人心，满满的都是正能量。

6 个月后，莎拉再次怀孕。但这次怀孕使她忧心忡忡，我每天早晨醒来握着她手时，都能感觉到她在为自己肚子里的生命担心，我向她保证一切都会顺利的。她就会闭上眼睛说，她相信我。

我内心深处知道，接下来的一年一切都将会改变。我向上帝祈祷，我不会让她失望。

04

我们的船

生活往往会为那些知道自己目的地的人让路。

——米里亚姆·维奥拉·拉森

最终我们筹够了经费。探险圈也开始流传我的神话，这实在有点匪夷所思，其实我不过是窥见了如何获得赞助的秘密而已。有很多人打电话给我，向我询问建议，也许他们认为我有满满一个联系簿等着为我开支票的赞助商。我多希望这是真的。实际上所谓的秘密就是雷诺夫·费恩斯说的那句简洁的话："坚持到最后的才是赢家。"

随着时间的推移，我越发感激皇家海军的加入，我逐渐明白，海军之所以会如此热情参与，多亏了威利·宾法特上校的鼎力相助。

我第一次见到威利是一年前，我们聊到了大海，我告诉他我希望能够横跨北大西洋。他极力支持我的理想，很快我就见识到了他的专业性。从那晚起，更确切地讲，应该是从我父亲去世后，他成了我信任和求助的对象；我确定他对我非常关心，这对我非常重要。

他通过自己的人脉联系到皇家海军高层，极力说服他们参加到我们这个项目。如果第一海务大臣同意，事情就有眉目。

除此之外，威利被我视为永远会支持我，可以互诉衷肠的盟友。以他的经验和人脉，他可以成为最好的幕后推手，随时准备在紧要关头帮我们做出重大决策。他确实可以扮演如此重要的角色，也能及时给我们无价的支持。

2003 年 4 月 29 日，新船命名仪式在朴茨茅斯举行，我邀请威利致辞，借着这个机会，他解释了为什么大力支持这次探险活动：

你将会知道什么是挑战——乘坐一艘 10 米左右的开放式硬底橡皮艇

沿着北极圈穿越大西洋，这其间要面临很多极限考验和最难预测的海域，这好像是专门为像贝尔和他的团队这样的人设计的。

我听到你们说，这太疯狂了，真的如此吗？是的，这很考验耐力，但更重要的是考验团队合作能力。在极端条件下，你们可以创造出凝聚力，大海给我们带来了许多充满机遇的挑战，也能培养人们生死与共的情感。我经常看到那些原本紧张、胆怯的船员在大海的锤炼下变得意志强大，从此在生命中抱持远大的目标和理想。

这些探险家启发了我，他们勇气逼人，想象力超凡，往往带着内心的一小段回忆，就敢去探索未知的领域。今天的这个世界，已被精细化管理、计算和目标主宰，如果我们失去了勇气和意志，一切都是徒劳。正是这种冒险精神，才能激发人们心中的勇气，让我们满怀欣喜，微笑着燃起深藏在你我心中的火花。

探险家们通过他们的决心去冒险，去尝试，也通过他们必胜的决心，向世人展示了机会。

贝尔，我无法形容此时的心情，你邀请我在你的船命名仪式上讲话，对我来说这是至高无上的荣誉。你应该为此自豪和快乐——第一海务大臣托我带话说，皇家海军十分钦佩你，能够在你的领导下参加这次探险，且能尽绵薄之力是我们的荣幸。

祝你们好运！愿上帝保佑你们健康平安归来。

企业的赞助和皇家海军的支持，让我们在准备期间如虎添翼。但最重要的是，我们终于有能力打造我们心中理想的快艇，驾着它进入变幻莫测、异常寒冷的北大西洋。

有一次我无意中翻阅一期《船舶贸易》杂志，在分类广告上看到了动力海洋公司刊登的广告，这是我第一次知道他们公司的存在。他们自诩为打造坚固船舶的专家。当我了解到他们曾经为英国皇家救生艇学会造过救生艇，服务对象包括斯堪的纳维亚的客户，而且不太制造饮料托盘时，直觉告诉我，他们是打造我们船的最佳人选。

他们的总部在彭布罗克码头，远在威尔士西部，我和米克、奈杰尔从伦敦开车花了五小时来到动力海洋公司，坐下来向他们描述我们需要的船是什么样的。

肖恩·怀特和他的团队耐心地听着我们的讲解。我们说我们的船大约要航行1609千米，因此这船必须坚不可摧；船身得是铝制的，这样即使在夜晚撞上小冰山也不打紧；动力得是喷气发动机而不是螺旋桨，这也是为了保证在撞上不明漂浮物的时候船身不会受到损坏。没有人愿意花费了时间和精力准备后，却在大晚上因为没了螺旋桨，而停在距海岸大约805千米开外的某个地方。这个风险其实是可以避免的，在探险活动的准备阶段，要尽可能确保挑选的材料是最佳的、合理的。

之前我们也联系过其他造船公司，他们听了我们的需求后，都觉得不太可能实现。这太困难了，而且风险很大。所以我们继续寻找造船的商家。这帮人倒没这么说，不过他们很快就直截了当地指出，我们的要求中最难的地方是如何找到一个行之有效的方法，让船能携带足够的燃料。

“我想这是有可能的……”肖恩·怀特微笑着说道。

这正是我们希望听到的答案。

我们仔细研究了不同型号的引擎和各种储存燃料的布局以及功率比，他们的意见很专业，不断致力于如何降低我们探险中的技术风险。通过研究讨论并深思熟虑后，我们接受了他们的建议。

肖恩和我成了知己，最后我干脆叫他“肖恩叔叔”。这个称呼一直保留下来了。等我们最终要启程时，肖恩决定和我们一起去新斯科舍省，他和我们一起飞抵当地。他自豪地看着哈利法克斯码头围绕着船边的支持者，那船也是他的心血，就像他的孩子一样。在建造过程中，他投入了大量精力。我心里其实是希望“肖恩叔叔”能和我们同行的。

不可避免，在设计之初要做出许多痛苦抉择，对我们来说，这是刚接触的新领域，我们需要打造全新规格的船。举个例子，最理想的状态是装两个引擎，但是我们的航程太远，船上没有足够的地方装下相应的燃料。我们对燃料的需求决定了我们的船只能装一个引擎。我知道当安迪看到这个安排时肯定会大吃一惊，因为这意味着我们没有任何退路——海军向来遵循万无一失的原则，必须有个备选方案。一般来说，硬橡皮快艇通常是为大约160.9千米而不是1609千米航程设计的。这是我们别无选择的决定。

如果要达到这么远的航程，我们需要带上4000升的燃料，在此种情况下，我们只能装一个引擎，这是底线。

如何储存燃料着实让我们思考很久。我们知道，一开始船各个方面的性能表现肯定会不尽如人意，因为携带的燃料太沉了，我们必须让整艘船承重均匀。在波涛汹涌的海面上，这点至关重要。两吨的重量变化对于船的平衡影响巨大。我一点儿都插不上手，只能让专家来计算不同的比率，我唯一能做的就是去调查研究、提出问题，然后相信他们的决定。

安迪现在才算发挥了他的专长。他在这个领域极为出色，当他全职加入这个团队，我从他在所有关键的早期讨论的表现中获得了真正的信心。安迪天性谨慎、勤奋、细心、实事求是。在只能安装一个引擎的情况下，这是不可或缺的品质。

船建好后，需要试航，这至关重要，我们设计的这艘船在很多地方都是独一无二的，没人知道当它充满气体载满物品的时候性能怎样，只有通过测试才能知道结果。我们需要在不同的载重、不同的条件下反复测试。约1609千米已是航程的最极限了，哪怕只是一点点微小的误判，我们都有可能功亏一篑，面临致命危险。

我们也需要测试这个团队的危机应对能力。曾经有个记者形容这艘艇是“一个敞篷车大小的地方”。在茫茫大海上航行4828千米，没有任何遮蔽物，日复一日，遭受自然的侵袭，对我们的身体将是一个残酷的挑战，我们需要尽快适应这艘船，以便自己在上面能生活得如鱼得水。

在我的计划里，试航应该简短且具有针对性，最好集中在周末队员都在船上的时候，看看哪些是可行的，哪些需要调整，以便每个人都适应船，并演练当船只出现故障时，我们该如何应对。

不过试航得恰到好处，一方面，在探险正式开始前，引擎测试需要达到一定的里程，才能及时发现并解决可能会出现的问题；另一方面，我又不希望等大家抵达加拿大，正式启程时，已对航海产生厌恶，我希望大家仍然对它保持一些激情和新鲜感。

第一次周末试航，我们计划从朴茨茅斯出发，开到锡利群岛后返航。那天天气并不怎么好，出海不到一小时，我们中的大多数人开始感到恶心。我几乎忘了怎样才能降低晕船的感觉，即使目不转睛地盯着地平线，整个身体也会不由自主地旋转…… 看来我们需要准备大量的晕船药。

我们吸取一些教训，并认真记录了下来。

风浪大时，我们需要戴上头盔，以防在船上走动时摔倒或打滑。方便面会让我们恶心。穿防风衣时一定要携带滑石粉，可以缓解颈部和手腕因为衣服长时间勒住皮肤深深嵌进去而造成不适。凡士林可以用来保护鼻子不受飞溅起来的盐分和水沫的伤害，也能够预防鼻孔皲裂。

在船的尾端“沙丁鱼罐头大小”的地方放充气床垫，可以容纳两个甚至三个人躺下休息。这主意看起来不错，但其实不然，这个床垫让我们感到恶心，而且很容易被刺破。好吧，我们需要换成吸水泡沫材质。

我们还没有想好掌舵时脚应该放在哪里，只好暂时很不舒服地悬在空中。没错，我们需要在这里焊接一个搁脚架。

这艘艇在即将竣工时，成了众多海运公司的试验台。很多人联系我们，提供各种新的想法。有的近乎疯狂，当然也有一些很棒的主意。

最后，我们为这艘反应最快的新式快艇做了各种测验：我们为海军的快速反应部队测试座椅，还测试了一个小型热水器，它能承受极大的冲击，但只是偶尔工作；我们还进行了一次海上追踪试验，利用全球定位系统，每半小时就会发回我们的航速和经纬度数据，这些资料通过卫星传到网上。对在英国等候消息的人来说，这无疑是重要的路线信息。但它也有弊端，当我们的全部系统在暴风中瘫痪的时候，这台设备也会失灵，人们会顺理成章地得出结论。当他们看到我们的航速降低、天气不断恶化、传回来的信息一片空白时，会理解为我们……其实我们不过是遇上了点麻烦而已，并不致命。我们可能还在坚持着，不过他们并不知道。

当然，当系统正常运转的时候，会给人以希望，希望我们随着潮起潮落平安回家。

首次试航结束的那晚，我们都感到格外寒冷，怎么会这样呢？这只是仲夏夜的英格兰南海岸，还不是那冰封的北大西洋。我们身上还没有太湿，显而易见，如果不想被冻僵，我们需要准备更多的御寒装备，但是全副武装的我们现在看起来已经像米其林轮胎先生了。

我们记下了更多需要注意的事项。

不论我们坐在哪里，风都会从身后吹来，这使我们的体温丧失得更快了，而裹着毯子坐就可以保护背部。

我们还需要更好的救生索：眼下的这种夹子太小了——在有风暴的

晚上，带着连指手套的我们永远无法扣好救生索。救生索需要跟船一样长，必须够粗、够结实。

这些都是细节，但是根据我的经验，不管什么探险，往往都是细节决定成败。在岸上看起来微不足道的事情，一旦出海就可能决定生死，所以我坚持在测试阶段，就找出所有的小故障和小毛病，并加以解决。等我们真正出海的时候再想改进就为时已晚了。现在正是扫除障碍的时刻，在事情没有发生之前，它们都还很好解决。

事实上，我们第一次上船的经历并不怎么愉快，因为携带燃料过重，加上天气恶劣，我们并未顺利地航行到锡利群岛。我们又累又湿，所以在凌晨4点钟时，将船停靠在德文郡索尔科姆港是个明智的选择。我们的表现也许并不怎么出色，但这是我们第一次出海，没有必要求全责备。等到天亮，我们就上岸吃早餐去了。

我和尼尔·劳格顿见面聊了一次。兰顿是我们在珠穆朗玛峰探险时的领队，我上星期得知他这段时间在索尔科姆一带过周末。我在这里撞见了他，他随口问我们，能不能带几个朋友一起去海上兜一圈。

“没问题！”我回答道。这应该会很好玩，就像以前的日子一样。我们高声谈笑，心情都不错。内尔很期待看到我们的快艇。

突然我的心中某个角落一惊，警钟大作，我记得索尔科姆码头水域附近的水面下有高耸的礁石，相当有名。这里因此被称作“索尔科姆带”，也被誉为英国最危险的海岸线之一。

现在的情况是有风浪。晚些时候——不过对当时而言已经太晚了——我读到一个航遍全球的游艇玩家的文章，他说见过很多糟糕的海域，但索尔科姆带是最危险的一个。

但这只是我们去海港时，我脑海里闪过的模糊警讯而已。内尔正和他的两个朋友站在船头，一切看起来都很好。我注意到海上开始涨潮，但是大家还是很放松地在海风中开心地聊着。

朝正前方看去，离我们大约有 183 米远的地方，一个怪兽般的巨浪升起了，很明显它是朝我们这个方向过来的。

掌舵的我第一反应就是调转方向躲开它，但已经来不及了。我们需要和波浪对决，尝试驾驭它。度秒如年，大家都很紧张。滔天巨浪向我们翻卷而来。大家都紧紧地抓住扶手，而我们当时的船速只有大约 18.5 千米 / 小时。

巨浪迎面撞来，打在了船尾上，我们的船腾空而起，然后又从大约 4.6 米的高度直直地摔落下来，整个船剧烈摇晃，失控地前冲。感觉就像是站在电梯里，电梯缆线突然断掉，我们从两层楼高的地方摔下来一样。

安迪的膝盖被划出一道口子，而我颤抖得像秋风中的树叶，内尔依然紧紧地抓着东西。

我们将船随着后面的余浪掉了个头，返回岸边时，内尔微笑着说："你们都疯了，我说什么也绝对不会乘这玩意儿到离岸大约 805 千米的海上去。我的天啊！我们简直是疯了。"

老实讲，几小时后我的腿还在发抖呢，但我们及时学会了如何对付这样的巨浪。这完全取决于你的自信和意志。我们正一天天摸索着如何在类似情况下操作我们的船。

第二次试航，我们在多塞特郡的波特兰角遇到了类似情况，海浪像是发疯了似的从四面八方向我们包围过来。这一带的惊涛骇浪可是臭名昭著。当然，对我们所要真正面对的航行来讲，这只是一个迷你探险，不过我们能感觉得出，这艘船抗大风大浪的性能还是非常不错的，我们当初的设计就是为了应对这样的风浪挑战，它完全能够胜任。

我掌舵，安迪负责控制节流阀，我们驾驶的这艘船是有生命的。风浪把我们打得东倒西歪，我们慢慢进入正轨，摸索出了我们自己的路，我开始变得有些享受这些挑战了，肾上腺素一路飙升。

第二天，当所有人都回到各自的工作岗位，他们中的每一个人，不论是米克、奈杰尔、查理还是安迪，都给我打电话说，因为海面上的颠簸，他们都像散了架一样快要动不了了，其实我也是。才航行了15小时，我们就全身僵硬酸痛，而且我们并没遇到什么大风大浪！

这几次试航，让我们明白未来面临的挑战将是多么严峻！我们不过是在仲夏夜的海上待了一个晚上，就筋疲力尽，未来还有大约1448千米的航程，可能会让我们伤痕累累、浑身青一块紫一块，想到这我不禁有些担忧。

事情渐渐明了，对我们来说真正的挑战是我们的船完全是露天的，一点遮蔽物都没有。我完全低估了这一点带来的影响。环球航行的游艇还有个船舱，天气糟糕时，可以让你有个遮风避雨、免受海浪侵袭的地方，让你保持干爽、美美地睡上一觉。我们的船上可没有如此奢华的地方，没有可让你喘息的地方。不论气候和海上状况如何，不论刮风下雨，巨浪、冰雹，还是水沫四溅，这都将是我们生活吃住的地方。最有可能让我们筋疲力尽的是：持续的潮湿、寒冷和时刻暴露在大自然中。我们都学会了畏惧它。

最后一次试航，我们从朴茨茅斯出发到泽西岛后返航，大概航行了145千米。我们花了些时间把所有的安全程序都过了一遍：展开救生筏，放降落伞式海锚，船员落水应对训练。尽管演习和真实情况还不太一样，但这些都是我们必须用心牢记的重要原则。在浪潮高过船头的晚上，你必须能依靠本能在两分钟内成功抛下海锚，这得花时间反复练习才能熟能生巧。

我不停地把船护板扔到海里，让他们打捞上来。我们每个人都要学会如何在惊涛骇浪中冷静地驾船，黄昏时我们又练习了一次。大家都做得很好。

凌晨3点，轮到米克值班，大家都已经筋疲力尽。是时候该来一次抢救船员落水的真人演练了，虽然我心里很不情愿，但我还是决定当这个落海的人。我和奈杰尔一起躺在“沙丁鱼罐头般大小”的垫子上，毫无睡意，我紧张地一个劲看表。船航行到海峡中间时，各个方面都糟糕至极。我坐起来，用手肘推了推奈杰尔，确保他是醒着的，然后扑通一声从船上跳进黑暗的大海里。

就像每次演练一样，所有人都马上行动起来，米克把小船抛进大海，探照灯一闪，很快他们就发现我在快艇的背风面，米克小心地将快艇的喷射水流控制在离我约四五米的地方。

“你要怎样报答我，船长？”他对着海水中的我喊道。我全身冰冷，心脏怦怦地跳得厉害。我笑了，一闪即逝。

“离英国就剩下大约97千米了，我们早餐时再见吧。”他笑着扬长而去。

他将船转了一个小弯，然后开到了我的旁边。

我挣扎着喊道：“米克，限你10秒钟内把我弄上去，不然我就杀了你。”米克用那双强壮的手把我拉了上去。安迪笑着扔给我一块擦柴油的破布让我把自己弄干。这次演练总体来说还是很不错的。

那天晚上一切都很完美，海面上风平浪静，夜空里闪烁着满天星斗。我们轻而易举地完成了演习。后来，我们都静静地坐在船上，想象如果在狂风呼啸的海上，四周环绕着冰山，我们该如何抢救呢。那将完全是另一种情况了。大家心里都清楚，那时抢救落海队员几乎是不可能的事。我们将船调转，准备返航回家。

从很多方面来说，这次探险正有条不紊地进行着，赞助款已汇入银行账户，船也建好了。我们与船舶代理商沟通，协调和赞助商之间的关系，规划航程的细节重点，计划可以出海的日子，此外，我们还需牢记北极圈出现浮冰的日子和将至的气候类型……现在的我们比以往任何时候都要忙。

有段时间，特别是刚开始的时候，我感觉整个探险计划都压在我一个人的肩上。这是我的梦想，即使艰难我也要让它实现。现在，这样的日子一去不复返，大多数时候我甚至可以退居幕后统筹全局。我很喜欢这种感觉，并且乐在其中。

我的周围不断有事发生。

探险之前我们安排了两个主要队员会议，一次是在计划出发日的前半年，另一次是在出发日前一个星期。事无巨细，有关这次探险的方方面面都要最终确定下来。奈杰尔将所有地图摊开，仔细研究了所有路线，再一次商讨了应急预案；安迪汇报了有关引擎和加油的需求；米克将所有海上警卫队紧急救援应对程序及天气应变计划预演了一遍；克罗伊则详细汇报了物流及后援补给。

我们认识克罗伊·博伊斯时，她正就职于高盛投资公司伦敦分部。一天晚上，在我做了关于行政管理的演讲之后，我们一起聊了会儿，我淡定地告诉她我生活中的挑战一直存在——莎拉正在怀孕，所有的事情都是一团糟，而我则尽量让自己不要负债累累。

她和我一样清楚地认识到问题的存在。很明显我需要一些帮助。她还提供了解决方案：她希望体验一点刺激的生活；而且我需要变得更高效些，于是我雇用她当我的私人助理来打点行政事务，我觉得一下子轻松了许多。

对我来说，相信一个人并让其与我的“金主”保持联系，诸如与聘我到他们公司去演讲的执行总裁或本次探险的赞助商，是一件很困难的事。但是没过多久，我就发现克罗伊是这个角色的不二人选。

她个性随和，工作高效，雇用她的效果立竿见影。有了她，我偶尔可以晚上回家陪陪莎拉，而不用一直为了堆积如山的电子邮件工作到很晚。

很快克罗伊成了这次探险中至关重要的人物之一，她可以在伦敦处理我们的一切行政事务，而探险总部也搬到了我们的公关公司——力联媒体。公关人员的办公室离我们的船只有约91米。一切都运转得十分顺利，气氛也十分融洽，笑声不断，屋子里堆满了各种无线电设备、地图和赞助商的商标。

为了莎拉，我希望能将探险工作和家庭生活分开。伦敦办公室将会是我们和外界联系的第一站，当我们在海上探险，不管什么时候，只要是我们需要协助，克罗伊和她的同事将会是我们的重要依靠，她身上承担了巨大的责任。

刚开始，大多数成员并不太了解她，但当她在会议中分发准备好的、整齐的文件，上面详细记录着后勤补给资料和联系人的号码时，大家才开始明白她的重要性。

后来，当我们探险结束，返回苏格兰的时候，米克、奈杰尔、查理和安迪都不约而同地告诉我，他们想买点礼物送给克罗伊，感谢她在关键时刻为我们协调各方、处理危机事件。这或许能侧面说明她的贡献非同寻常。他们四人合买了一个银框的玻璃圆盘，上面刻着“感谢一直陪伴左右”。

克罗伊与我们的公关公司力联媒体的合作融洽无间。公关公司负责人亚历克斯·雷纳是一个生龙活虎的家伙。当听说我们的探险计划时，他立刻表示有意加盟，而且兴致勃勃，立即就要参与活动。“哈，”他宣布又帮我们安排了一个专访，“我就是喜欢这个。”然后他就行动起来了。

最后一个加入办公室的成员是安迪·比林。他答应以最低的成本，帮这次探险建立官方网站，根据我们的行程不断更新内容。最初的时候，一天只有四次访问量，而且很有可能还是我去查看浏览量时自己点的。然而，随着探险的展开，戏剧性的改变发生了，每天都有超过3万的点击量。安迪充分施展了他的才华，也体现了他的专业性。他充满热情，总是彬彬有礼，简直人见人爱。大家都非常喜欢他一贯使用的问候：“早晨好，先生们。”

莎拉觉得在我离开的这段时间里不想一个人待在伦敦。我也同意这一点。她和杰西离开伦敦，搬去同她的妈妈一起住应该会更快乐，也不会受到干扰。安迪同意在整个探险期间都住在驳船上帮我们看家。我知道他会一直帮助克罗伊，也会帮我们接电话，这让我更加放心了，这是完美团队中的最后一个制胜关键。

2001年我受邀成为威尔士亲王信托基金（2023年改名为国王信托基金）的慈善大使。对我来说这是至高无上的荣耀，作为回报，我承诺我们的下一次探险活动将会为这个慈善基金筹款。从那个时候起，我参加了他们大大小小的各种活动，目睹了信托基金为数以千计的年轻人提供了圆梦的机会。让他们有机会走出来，尽自己最大的努力去寻找工作，开创自己的事业，让那些可能永远都无法翻身的人有喘息之机。它确实很棒，也改变了许多人的人生。

我写信给慈善基金会创始人威尔士亲王殿下，表达了我希望他的信托基金可以成为我们官方受益人的想法；同时我也询问他是否愿意成为我们这次探险的赞助单位。我简直无法相信，他不仅欣然接受，还表示希望在我们出发前接见我们团队。

约定会面那天，我们整装待发，在驳船上集合后，乘坐出租车前往圣詹姆士宫。我还邀请我们的赞助商亚诺表的两位执行总裁——艾瑞克和琼-玛丽同行，这也算是对他们的支持表示一点点的感谢。他们西装革履，看起来干净利落。

显然，威尔士亲王殿下事先收到了很好的简报，当走进房间的时候，他径直走向我，一边走一边模仿使用止汗露的动作。他已经在调侃我了，我最近接下了一个男士止汗露的电视广告。

“止汗露效果如何？”他半开玩笑地问道。

“感觉还算不错，谢谢您，殿下。”我有些尴尬地回答。

然后就是一小段沉默，我又补充道，“嗯……至少他们没有让我给治疗痔疮和肛裂的安那素做广告。”

随后我就即兴表演了因痔疮而走路蹒跚，却又不愿被走在后面的人发现的样子，他笑了起来，尴尬的气氛也随之打破。后来他给我讲了他在北大西洋护卫舰上服役的经历，他曾遇到过一场狂风暴雨，海浪汹涌，把船上加固的钢梯都生生地撞弯了。

说到这里他目不转睛地看着我。“而你呢，要用一艘橡皮艇去那里，在海上遇上类似情况你要怎么办呢？”

我尴尬得不知所措。

“如果发生了那样的事情，我们会打电话问您的意见，放心吧，殿下。”我回答道。这时身后响起了一些议论声。

他问奈杰尔星象导航是怎么一回事，奈杰尔承认说有些事情不方便说清楚。王子听了哈哈大笑。整个会面过程轻松欢乐，之后，我们在外面合影留念。

“嗯，我觉得你们真是太疯狂了，”他在离开时总结道，“但是我会想你们的。”

出发前一天，不可避免，仍有些迫在眉睫的问题需要马上解决。安迪·利弗斯曾一度打电话来说他需要给喷气装置外罩加一个特殊的密封装置。如果我们无法尽快拿到这个特定组件，还有另外一个备用组件，我们就不能前往加拿大，那么延期出发将无法避免。现在北极圈只有一些破碎的小冰块，正是出发的最佳时机；我们也没有任何可以推迟行程的余地。

那天早上我正在富士通演讲，我还能记起我在后台的情形——我穿着攀登珠穆朗玛峰的全套行头，正准备上台；但那时我需要确定我们是否能够拿到上述密封装置，因此我必须立刻打个电话。当主持人介绍我出场的时候，我还在和喷气装置的制造商通电话。

“明天你们能把这个部件送到海军基地吗？”我急切地问。

“如果今天早上寄出就没有问题。”电话那头是他们的市场总监马丁·杰克森。

“谢谢你，马丁。你是我的救命恩人。我得挂了。再有5秒我就要登台演讲了。再见。”

我深吸了一口气走上台，面对台下无数的面孔，我汗都下来了。

探险和演讲这两种生活轨迹几乎要重叠在一起了，还好，它们并不冲突。

到底如何存放燃料这个问题我们一直争执不下，在距离出发前两个星期甚至达到了白热化的程度。最后一次试航后，我们渐渐意识到，如果我们想要备妥全程用油，我们需要在快艇前方甲板下再装一个油箱，那个位置本来是预留装食物和其他供给品的，现在看来需要牺牲一下。

问题是，这个特殊的装备造价1.5万英镑，我们的预算中并没有包含这笔钱。临行之前，竟然出现了这么重大的问题，如果不能顺利解决，所有努力都可能功亏一篑。

我打电话给一家公司，解释了我们现在面临的难题，经过一番游说，最后他们愿意给我们打500英镑的折扣。这对我们来说杯水车薪，我需要更优惠的价格。绝望之余，我致电英国设计这一类油箱最好的公司，他们专为军方制造特殊设备，但是价格上也远远高于1.5万英镑。我打电话给这家公司的一个主管。这一次，我直截了当地告诉他们，我们在尝试做什么，到现在为止是什么情况，以及我们多么迫切需要帮助。

“好的，我们很乐意提供帮助。”首席执行官马克·巴特勒说。

很快他就派了几位专家来朴茨茅斯海军基地检查我们这艘快艇，接下来的几天，他们的专家和安迪密集讨论后，为我们制造了专业又复杂的成品。

他们给我们安装的燃料箱由凯夫拉制成，这种材料防弹耐烧，原本是用来制作战斗机上的燃料箱的。他们做事周全，把所有能想到的问题都想到了，他们的专家和安迪审慎缜密地依照船型设计安装。多亏他们的鼎力相助，解决了我们出发前的最大难题。但他们竟分文不取，只要求我向他们保证一件事：一定要平安回来。对此我十分感激。

没想到他们竟如此慷慨，还免费提供如此专业的服务，这令我倍感惊喜。很多公司甚至一些个人，都告诉我们，需要帮忙的时候尽管开口。为此，我深受感动。

或许这种无私奉献的精神来自海洋文化的传统：不论是谁在海上遇到困难，附近的船只都会伸出援手。这是个非常好的文化，它同样也存在于登山界，当生命陷于危险，所有人都会不惜一切代价出手相助。

就像宾法特上校后来告诉我们的一样，这次探险计划远不仅仅是要完成一次横渡或打破一个纪录——数百人以各种形式参与其中，每个人都各司其职，不可或缺。在很多方面来看，我们是站在台前的几个人，而在我们的身后有一个出色的团队，协助我们展开旅程。我能够回报的就是让我们的努力能够激发人们内心的勇气，尽一切可能让这种正能量继续传递下去。

去加拿大前最后一个早晨，对我而言很特殊。我原本计划一个人待在甲板上。那是星期一的清晨，天灰蒙蒙，下着毛毛细雨，我开车去朴茨茅斯海军基地取我们的船。海上风平浪静，仅有绵绵的细雨。我瞥了一眼手表，距离我预定到达南安普敦的时间还有一阵子，于是我决定向南绕一下路，将船驶向我童年生活过的怀特岛。

当我来到本布里奇港口的时候，一切都是那么安静，没有一点声响。在我还是孩子的时候，这里可从来不是这样的。在晨雾中，我能够回忆起来的就是拥挤的小船和快艇，我和小伙伴们四处捣乱，我们的父亲则站在岸上气急败坏地冲我们大喊大叫。那时候满是欢乐，免不了的磕磕碰碰却不乏欢笑，最重要的是我们都非常开心……就在那里，我感觉父亲好像静静地站在我身后。

我绕着码头慢慢地开，当时快艇并未熄火，引擎仍轻轻地发出声音，我的内心深处忽然涌出一股伤感，泪水夺眶而出，滑落脸颊，这么多年了，这还是头一回。

我慢慢地绕过航海俱乐部的浮桥平台。这个俱乐部的好多成员用友情而非金钱，热情地回应这次探险，尽管如此，他们也在俱乐部里为威尔士亲王信托基金发起募捐。我把他们的标志贴在船上，这是船上唯一一个免费的标志。他们对我意义重大，他们是我生命中的一部分。

离开本布里奇港口的时候，我情不自禁地挥手，不是对特定的什么人，也不是对特定的什么东西，仅仅是一种道别。

到达南安普顿后，我将快艇停在一艘巨大的货运集装箱船旁边的大型灰色挡泥板旁。所有的一切好像突然变得非常小。一个巨大的起重机从头顶掠过，吊起一艘小船，然后移向拖车。船身上充气的部位早已排空了气，所有的东西也都有条不紊地打包完毕，收拾停当，只等着穿过货船船头那巨大的门送进舱里。

我们设计、建造出的这船肯定是世界上最先进的硬底船之一，但停在集装箱船旁时它看起来就像个小玩具。当它在视线中消失，我心头涌上一丝伤感，那感觉就像走到一条长长的路的尽头。

有很多时候，整个探险计划好像充满阻碍甚至无法继续，但是现在，我们就站在码头上。下一次再见到这艘船的时候，将是在一个完全不同的港口，位于数千千米外的更北面的新斯科舍海岸。我原本要在码头周围接受英国广播公司（简称BBC）的采访，但后来我发现这没什么太大意义。货运集装箱船的门关上了。我回头看了一眼，我们的船已经消失了。

此时，我们能做的事情不多。几个月以来，这是第一次，所有的装备都收拾打包好，船也已经托运了，后勤补给都尽可能地到位，队员们情绪高涨。正式启程已进入倒计时，这个时候可能让人感到恐惧。大局已定，这么长时间以来，我们第一次有时间去思考前面等待我们的挑战究竟是什么。

到现在我才开始有点了解我们肩负的探险是什么，它早已不是“明年”的事情。它离我们是如此之近，一下子就近在咫尺了。

4个星期前，莎拉刚生下我们的儿子杰西。那是我生命里最紧张、最真情流露的时光。在那个时刻，他和莎拉看上去都太完美了，也充满了生气。但在接下来的几个星期里，我开始怀疑眼前的一切。我甚至不确定自己为什么要离开他们，当我坐下来考虑这个问题的时候，感觉就像要被完全撕裂了。

这次探险和攀登珠穆朗玛峰不同。那时的我年轻急躁，是攀登珠穆朗玛峰的经历改变了我。当同伴在山里与死神殊死搏斗，你会明白存活率究竟意味着什么。那不再是统计学的数字，而是活生生的现实，如果你经常冒险，那你不可能每一次都那么幸运。

现在我的生活与以前大不相同。我是一个丈夫，也是一个父亲。我的牵挂太多，无力承担失去的痛苦，我再也没有过去那种随时死在山上的勇气。父亲过世后，莎拉和杰西给了我全新的人生。现在的我有太多活下去的理由，而且我也想活下去。想到自己将要面临生离死别的冒险，我胆战心惊、惴惴不安。

我甚至不知道在前面等待我的危险是什么，没有人知道。乘坐一个开放的硬底快艇横渡北大西洋是前无古人的冒险，不像登珠穆朗玛峰，还有八分之一的成功率作为参考。这次探险我们没有什么可供参考，没有可以量化的比率，我们一无所知。

我尽量让自己正向思考，因为有了新家，为了平安回家，我会更加谨慎小心。但是我也不确定自己最终能否如愿。

距离出发的日子仅剩下几天，一天晚上我睡到一半就醒过来，觉得以防万一，应该写封信给莎拉。我把这封信给了我最好的伙伴查理·麦克斯，请他在我没能活着回来的时候，把这封信交给莎拉。这绝对是我最难以下笔的一封信。我的手一边写一边渗出冷汗。面对最糟糕的后果，我安排了应对之道。那晚，时光仿佛凝固了，我一直在祈祷，祈祷我的太太不用收到这封信。

这两年莎拉过得非常苦。我欠她的实在太多了。显然对于一个刚当母亲的女人来说，新生儿尚在襁褓之中，丈夫就出门远行，这太不近人情了。更别提这所谓的“远行”是驾着一艘小船横渡一片危险的海域，这听起来是多么匪夷所思。要离开的日子临近的时候，我们却不再谈论离别。这是我们之间无声的默契。

星期一早上，我和查理还有帮我们造船的肖恩·怀特，一起从伦敦希斯罗机场飞到新斯科舍。安迪已经在三天前抵达，在那里准备船只，米克和奈杰尔也在一天后飞了过去。星期五晚上，莎拉送给我一本她亲手做的小相簿，里面全都是她和杰西的照片，实在是太美了！

第二天我很早就起来了，我第一次对着录音机说话，它可能是未来很长一段时间里陪伴我的小伙伴。

当时才凌晨5点，我还是无法入眠。莎拉就躺在我身边，杰西熟睡在我的枕头上。打包时我尽量轻手轻脚不弄出声响，此刻我十分害怕，我早已习惯踏上探险之路，但这次完全不同，我有种莫名的孤独感。看着熟睡中的莎拉和杰西，我感觉我的整颗心都要碎了。

对于即将面对的寒冷水域我激动不已，我也深知，这将是持续数星期的寒冷、潮湿和担惊受怕。即便如此，我也确信一切皆有可能，我只需不断提醒自己：每一个海浪都在把我带回家。

我们一致认为应该带上1万美元现金，以防途中我们遇到麻烦需要支付渔民、直升机驾驶员或者其他什么人的协助费用。我到银行取了钱，那是一个很美的夏日早晨，我穿了一条旧短裤。取了钱后，在隔壁的酒品专卖店买了一箱金铃威士忌，美金和酒可是通行无阻的国际货币。

我和丹尼玩了最后一局壁球，这个古怪的二手车贩子每星期都要和我较量几次球技。打完后，他非常绅士地对我说："你知道吗，贝尔，我真的不明白你为什么执意要探险。"

我笑了笑没有说话。

"我能不能把船扎破或者搞点别的破坏？"他问道。

那天下午，我帮莎拉收拾好她和杰西回娘家所需要的东西，打完包搬到车上，我们都笑了，他们只不过是去乡下就带了17个箱子，而我横渡北大西洋只随身带了两个小包。

星期日很快就过去了。太阳再次升起，查理·麦克斯来找我们，我们一起躺在草地上喝茶。我和莎拉去散步，像平时我喜欢的那样牵着她的手。然后，就到了该动身去机场的时间。

英国航空公司（后简称“英航”）慷慨地为我们提供了去加拿大的机票，出发前，他们还带我们参观了希斯罗机场总部的气象中心。当我们到达他们公司总部办公室的时候，他们的员工都戴着帽子、穿着制服迎接我们。他们很贴心，我却有点心不在焉。他们都看在眼里。

我轻轻地吻了吻杰西，然后转向莎拉，她早已泪流满面。

“亲爱的，相信我，一切都会没事的。”

我紧紧地抱着她，希望她别哭了。

“我保证，我们很快就会安全回来的。”

我知道这个“保证”不是我说了算的。

当我们在英航的导航站里参观的时候，我就有点恍惚，什么也没有看进去。脑子里唯一能想的就是一直为我担惊受怕的莎拉开车回家的画面，除此之外，什么都无法吸引我的注意。作为领队，我应该肩负起领导此次探险的重任，该是确保我们能够顺利完成探险，以便到时能履行承诺平安归来的时候了，我得往前看。

办理登机时，我收到了姐姐劳拉的短信，她说希望我“万事如意”，这听起来蛮有意思。

我的叔祖父，93岁高龄的爱德华，在我收到姐姐短信后不久也打电话来，祝我一切顺利。“上帝保佑你。”他讲得很慢，然后他又用温柔的声音补充道，“我们都很爱你。”

他可真好。

等我和查理最终落座时，已身心俱疲，我甚至已经感到筋疲力尽了。英航把我们安排在商务舱，没过多久我们就沉浸在香槟美食中了。查理可是真够吵的，四处和乘务员聊个不停，他似乎很享受这里的每一刻。后来，他在鼾声中沉沉睡去了。

我静静地坐在那里，望着窗外想着自己的心事。飞机穿过云层，偶尔依稀可见下面的大海，翻滚着白浪。最后我也舒服地闭上了眼睛养神，我很清楚我回来的路绝不会这般平坦。

05

一路向北

真正的朋友会在全世界都离你远去的时候，仍然与你并肩。

——罗纳德·里根（美国前总统）

即使我们五个都是土生土长的新斯科舍省哈利法克斯人，也很难想象加拿大城市的人，会如此敞开胸怀热情地欢迎我们，会对我们的探险倾力相助。事实上，我们是五个英国人，只是恰好选择了他们的城市作为横渡大西洋的起点。我们完全没有料到，竟然会有这么多人热情地迎接我们，我们感到受宠若惊。

我们的船“亚诺探险”号，停泊在滨水区中间的中央码头，我们五个人不管是谁，只要一走上码头想登上快艇，就会有人过来围观，想要签名，时不时还有人会询问一些关于船的问题。

他们免费为我们提供了码头附近的两套公寓，如果我们需要，可以随时使用。驻防当地的加拿大海军免费给我们提供了3000升燃料。哈利法克斯市的市民似乎对探险很感兴趣，他们从四面八方慕名而来祝福我们，给我们提供了有关那片水域的各种建议。我们能感觉到他们的热忱，能受此礼遇和呵护，我们倍感荣幸。

安迪比我们早到了三天，因接受了当地电视台和媒体的采访，俨然已成为当地的名人。这正是我们乐见之事。他显然很享受这一切，就和我希望的一样，他已经全身心地投入这次探险他负责的那部分了。

尽管大家情绪很高昂，但还有很多工作要做，我们很快发现，其实安迪早已备置妥当。他在我们到这里的前一天就装好了交流发电机，解决了供电不足的燃眉之急。除了我们的一些私人物品，大部分装备都已整齐地放置在船上。快艇看起来棒极了。对此我十分满意，深以为傲。

一开始它还只是我们头脑里一个粗略的想法，尔后被设计出来，带到船展上，接着是下海试航，最后乘着巨型货运集装箱船横跨大西洋来到这里。此时此刻，它正器宇轩昂地停泊在哈利法克斯滨水区。

食物被按照食用时间依次排放好，安迪一丝不苟，将登船的所有东西都收拾得干净利落。对我来说这至关重要。甚至在建造完工之前，我就外出买了100多根减震弹力绳（也叫蹦极绳）和一捆捆强力胶带，安迪时常为此取笑我。

当我们引以为自豪的快艇第一次在朴茨茅斯涉水的时候，我说："我希望那个起重机足够结实，能够吊起它经过码头。"

"嗯，如果不是的话，我们总有办法用弹力绳和胶带把它拼回来。"安迪马上回应我说。

不论我们在船上做什么，弹力绳总会在触手可及之处。这已经成了我们之间常说的玩笑。以我的经验，如果没有弹力绳和胶带，军队也会遇上麻烦，对于任何组织，弹力绳都不可或缺。

"这些全都会派上用场的。"每当他们拿弹力绳开玩笑时，我就会这样说。

事实证明我是对的。这次探险的最后，我们在苏格兰收拾行李准备打道回府，我看到安迪在船上翻箱倒柜，四处寻找弹力绳，想要把他的大旅行袋全部绑在一起，看到这个情景我心里感到说不出的得意。我听到他说："难以置信。我们的弹力绳竟然全都用光了。"

快艇运达哈利法克斯时，多亏了弹力绳，所有的东西都被用弹力绳固定在船上，纹丝不动。

我们心里都清楚，到了海上我们会遇到颠簸的巨浪，所有的东西都要确保能安全地固定住。照明设备、食物、备用物品，所有的一切，甚至是那盒我们从来都没有用过的护耳器（之所以没派上用场，是因为它会影响我们自身的平衡性，会让我们觉得不舒服）。海锚也已经整齐地收好，随时可以使用。总而言之，我们的黄色小快艇一切就绪，能够应对所有的挑战。在我看来这景象简直就像在梦里一样美好。

我还带了大约40个覆膜贴纸，都是些鼓舞士气的标语，我把它们贴在船上各个重要的地方。他们四个还时不时拿这个调侃我，说这不是英国人的风格，但我还是认为，在我们遇到困难的时候，这些话可以激励我们渡过难关。

这些标语还是挺管用的，当然，其中一些标签的文字很难获得认同，“确保自己每年都看一次日落——它会让你对人生有一个全新的认知”。到最后，这话越来越没用，探险即将结束时，查理指着远处的海平面挖苦我：“往后的二十年，我再也不想看到日落了。”

由于我们在加拿大的赞助商——加拿大通用汽车公司的鼎力支持，我们在哈利法克斯市的工作开展得十分顺利，之前我在意大利的时候，曾经给意大利通用汽车做过一次演讲，他们同意赞助我们1.5万英镑，随后更承诺愿意担负我们在哈利法克斯市的所有花费：开展宣传，提高知名度，为新斯科舍的航海学校募捐。他们教当地的孩子们如何建造一艘船，带孩子到大自然中旅行（当然不是环北极圈之旅一类的旅行，除非他们不想活了）。加拿大通用汽车公司还在我们出发的那晚，为我们举行了一场500人的告别晚宴。

那是容易让人紧张的场合。我被邀请发言，尽管我知道我讲话的时候是英国的凌晨3点，我前一晚才抵达此地，时差还没调整过来，但我还是接受了邀请。

在餐后讲话其实是一件很糟糕的事情，它会完全毁了你的食欲。“这是最后一次增重的机会了。”我一边想一边不安地摆弄着盘子里的牛排。

事实上我太紧张了，完全吃不下。奇怪的是，做了那么多次演讲——一年将近100次，我还是会紧张。上场的前一刻最让人恐慌，现场鸦雀无声，所有热情的目光都聚集在你身上，气氛紧张得要命，如果我想做好，还得“利用”听众的这种热情，那是演讲者最管用的利器。

第一个上台讲话的是加拿大通用汽车公司总裁迈克尔·格里马尔迪，他直奔主题，简洁扼要地谈了公司的开拓精神，以及他们如何锲而不舍地拓展汽车制造业的界限。

然后，我站了起来。其实我真正想说的是：通常人们是怎么看待我们的？在他们眼中，我们是先驱者，是经常打破新界限的家伙。其实不然，事实上我们只是普通人，只不过是我们有机会去实现梦想罢了。“我现在不太有演讲的感觉。”我继续讲道，“我很紧张，几小时之后我们就要出发了。我真正想说的是我很感谢你们。正因为有你们的开拓精神，我们今天才能站在这里。当我们在波涛汹涌、浮冰纵横的大海上时，在生死存亡的关头，我希望我们能展现同样的精神；当我们平安归来，我希望我们可以说，‘我们没有辜负你们’。谢谢你们。”

讲完我坐了下来，大功告成，我感觉如释重负。今晚是出发前的最后一晚，我要好好喝一杯。

离席时，我向迈克尔·格里马尔迪道别并表达了谢意，那一瞬间我心血来潮，邀请他在明天我们临行前，乘我们的船在海上绕一圈。

“太遗憾了，明天一早我就要飞回多伦多参加会议。”他说道。

我思考了一下，又问道：“早一点呢？”

“那再好不过了。”他笑着答道。

第二天早上6点，哈利法克斯的清晨还有寒意，天空干净得一丝云都没有，我们带着加拿大通用汽车公司总裁在港口边转了一圈。我们以46.3千米/小时的速度在玻璃般的海面上飞驰，太阳迎面从海平面上冉冉升起，那一刻感觉太神奇了。这是我们探险中第一次看日出。

2003年7月31日，星期四早晨9点前，距我们计划出发的时间不到一小时，我们全都坐在船上，静静地等着。难得有一段这么平静的时光，阳光晃动着无数条金线，我觉得这是告诉大家好消息的最佳时机。我站在船头，叫安迪、奈杰尔、米克和查理注意听。他们都把脸转向了我。

“我们在伦敦的总部今早收到一封信，克罗伊刚刚传真给我，”我说，“我想给你们读读。”这封信是威尔士亲王发来的。

亲爱的贝尔：

我衷心地祝愿你和你的队伍一路顺风。知道大英帝国知难而上的冒险精神依然存在并被你们发扬光大，我很开心，我热烈地期待你们的归来。

从没有一个威尔士亲王信托基金大使，可以到那么远的地方支持我的信托基金，对此我深表感激！

送上我所有的挂念和最好的祝福。

你最真诚的，

查尔斯

我们都背井离乡，紧张地站在改变人生的挑战边缘上，大家都有些不安。但我从大家的脸上可以看出，威尔士亲王的这封亲笔信，给了我们莫大的鼓舞。

我们准备好了，一只小型舰队集聚在码头周围，护送我们从哈利法克斯港起航，前面有大约4908千米等着我们，我们蓄势待发。

几乎是如此。

上午10点，预定起航的时间到了，但是没有看到那个美国记者卡萝尔的身影。

前一天晚上我很确定地告诉她，如果她来晚了，我们就不带她走了。

她迟到了。我们准备启程。

“不，我们不能走，”尼克说，“再给她10分钟吧。”

“就5分钟。”我回答说。

拖航飞机、快艇，还有破冰船正驶离港口，围观的人都盯着手表，猜测到底出了什么事，为什么到了时间还没有动静呢。

10点15分，10点20分，10点30分。大家都渐渐失去了耐性。我能感觉到这一点。这可不是我们能承受的。我们已经准备好出发了。

卡萝尔·麦克法登来自纽约，是一个美丽迷人、出类拔萃的记者。我们之所以要在探险第一站前10小时带上她，是因为她到伦敦来告诉我们，她要为《大都会》杂志写一篇关于世界探险的文章。

她很忙碌，也聪明有趣，虽然我们见面的时候，我正处于不断被企业拒绝赞助的低谷，但我依然很享受和她在我们的甲板上聊天。

“嗯，”我对她说，“如果你想知道真正的探险是什么感觉，你应该和我们一起去体验一下，从哈利法克斯登船航行到新斯科舍。”

卡萝尔双眼放光，问道：“真的可以吗？”

“当然了。只有一个名额，而且还要付费，”我继续说道，“通常来讲，媒体造势是媒体造势，实际探险是实际探险，这是两码事，我们从来不会混为一谈，但你可以开个先例。”

“哦，听起来不错。”她说道。

“好，那就这么定了。”我说道，我突发奇想，意识到这个提议的好处，那时的我们迫切需要筹集到资金，“你可以根据今天的谈话写一篇普通的文章，或者你也可以参与我们的首段航程，来一次一生中难得的冒险之旅，然后写写和五个男人在一艘小艇上的探险故事。”

我告诉她这需要2.5万英镑。

卡萝尔思索了一会儿。这可是绝无仅有的好机会。“置身一次探险之中”比“一次探险”要卖座好几百倍。她在甲板上就同意了这个条件。

我知道我们提供了一次与众不同的机会，当然也索价不菲，但最后还是要她自己做决定。总之，我希望这是一个合理的提议。

卡萝尔是四个孩子的母亲，生活优越舒适，在当时，她展现出她的果敢，最重要的是，她愿意抓住机会去尝试不同的生活。

当我告诉米克我的这个安排的时候，他祝贺我想出了这么新奇的点子来筹集资金，但也提醒我，她需要签风险自负的法律协议。

“你可以帮我拟这个协议吗？”我问他，“谢谢你，米克。”

米克最终草拟了一份措辞生硬、语言直白的文书，非常扎眼的是，短短五行字里面，光“死亡”一词就出现了11次。

“米克，我可不能把这个发给卡萝尔，”我回答他说，“会把她吓跑的。”他说就这样发给她就行。我照做了。我认为文字方面确实会吓她一跳，但她确实非同凡响，当天就在文件上签字了。

后来她告诉我：“我一定不能让我老公看见这个。你们这些英国人，根本就是疯子。你们本应该照看好我，而不是发给我什么自杀宣言，还让我在上面签名！”

很好，她通过了米克的测试。

探险准备期间我们定期联系。在某个阶段，我安排卡萝尔到考斯来，在船上待上一下午。目的是提供她需要的全部装备，让她知道在船上是什么感觉。那天狂风大作，天灰蒙蒙的，我告诉她今天海上一定波涛汹涌。

她看起来似乎并不太担心，我检查了一下她的装备，没看到幕斯托的专业海上防风外套，却看到了苹果牌随声听，西奥芬内尔护唇膏及杜嘉班纳头饰。

“说真的，我会把这些东西收起来的。”我告诉她。

“哟。”她说完笑道。

那是一个地狱般的下午。

唯一可以确定的是，下个月我们必须找到卡在燃料过滤器或者舱底报警器里面的润唇膏，还有阿玛尼头绳。有好几次，安迪出现在发动机室，不可思议地盯着那些漂亮的女人配饰。这后来成了我们之间流传的笑话。

显然卡萝尔一如既往地过着有格调的生活，她和她的老公、高调的纽约金融家乔治·麦克法登，还有他们的孩子一起抵达哈利法克斯市。从一开始，他们全家都在精神上投入这个探险精神活动中了。记得在哈利法克斯的一天晚上，查理靠向乔治，用手肘轻轻推他，让他快点儿喝完他的啤酒，还想继续帮他倒酒。通常没有人这么和他说话，而他也很喜欢这种感觉。有麦克法登一家的参与，真是一件令人开心的事。

最初的计划是，卡萝尔在船上待满整个首段航程，但是发现没有一个合适的落脚点放她下船，好方便她从奥克斯巴凯斯港飞回去。于是我们变更了一下航程，在起航后 10 小时，第一晚天黑的时候，让她在新斯科舍最北端一个叫格莱斯湾的小港口下船，那里有小型机场。

根据计划，她在我们计划出发的前一天到达码头，我把从船上找到的她的所有东西还给她。她的孩子们在一旁也玩得很开心，我给他们的妈妈提供了求生刀、护具、防水衣、照明设备、焊接器、无线电紧急定位标等装备。

“好了，卡萝尔，”我最后说到，“这是你的全部装备。你的东西都全了。现在，明早 10 点你一定要赶到这里。我们 10 点一到准时出发。”

这就是我最后提醒她的话。现在已经 10 点 35 分了，还没有卡萝尔的影子。

10点40分，她终于姗姗来迟，提着一堆袋子从出租车中走下，她晚了40分钟。

“太抱歉了。”她一边和家人吻别一边爬上船。

“快点，卡萝尔，”我说，“我们一会儿再谈这事。”

后来我才知道她之所以迟到，是在和我们伦敦总部的可怜的克罗伊通电话，确定她的保险政策。我为全体船员在加拿大水域的航行投保，也包括她的。

“嗯，如果你没有给我发那封像死亡通知一样的文件，让我担心可能会遭遇不测……”她解释道。她说话的时候，我看到米克在忙着收绳子，动作有些手忙脚乱。

我笑了笑，这完全能够理解。她顺利登船，我们也终于起航了。

我们将船向北开，离开了哈利法克斯，周围还有驻防于此的小型舰队护送。我们向他们挥手告别，他们也向我们挥手致意。此刻，我心潮澎湃。这个小镇上太多的人不求回报地为我们做了太多的事情。我们会想念他们的，但是现在我们有重要的事情要去完成。

离开那座城市的时候，我的内心一片澄明。过了这么久，我们终于可以长长地舒一口气，自己静一静了，没有喧闹的人群，没有新闻记者的采访，也没有任何事物来打扰我们了。我们装备精良，训练有素，能够进行这次探险，我感觉非常自豪。海面上风平浪静，天空清澈无云，我在船头盘腿而坐，闭上眼睛，呼吸着新斯科舍冰凉的空气。在船展上被写满签名的船身早已被重新漆好，快艇在水中轻松地滑行着，而我思念着几千千米之外家中的莎拉。

在我们提速的时候，卡萝尔终于安顿好了，我安静地坐在后面。感谢上帝，今天是平静的一天，海面也没有什么波澜。她并不缺乏勇气，但是如果海上的情况真的变得很棘手，我不确定她真的能很好地应对。

数天后，当我们的船遭遇风浪，在海上颠簸，被冰冷的水花一遍又一遍打湿的时候，查理突然从他的救生衣中探出头来，高声说："我觉得卡萝尔现在应该在盘算要怎么退出，你觉得呢？"

我想这样的反应也是无可厚非。但她早已同意，无论天气好坏，她都会跟我们一起走。

很明显，米克在通盘思考这件事。几个星期后，我们在冰岛喝酒，一杯啤酒下肚之后，他很严肃地对我说："你知道吗，如果在暴风雨的时候，我们和卡萝尔一起困在船上，我觉得我们别无选择。"

"什么事别无选择？"

他字斟句酌地回答道："在那种骇人的情况下，不仅仅是卡萝尔，任何一个对这种突发事件毫无心理准备的人，我们除了把她捆上塞到下面的小空间里直到暴风雨过去，别无选择。"

"她可能不愿意，"他补充道，"但至少她能活下来。"

我们看着米克，多少有些赞同。

幸好那样的情况并没有发生，米克并没有机会在卡萝尔身上实践这个想法，海风轻拂，好像是在保证今天不会有什么风浪，卡萝尔最惊心动魄的体验也不过是看到了头小须鲸。

到了下午，我们给了她一个掌舵的机会。我告诉她轮到她值班了，她应该接管掌舵。她似乎并不确定我是认真的，事实上，就像我们预期的那样，她径直站起来并接管了船舵。

我把船舵交给她，告诉她我们行驶的方向。她直勾勾地盯着前方，但很快我们就发现，我们的船是在海上画着八字前行。如果有人从空中看到我们的船，肯定会以为我们是在发求救信号，米克上前一步充当卡萝尔的私人老师。

“好吧，现在事情就简单了，”他说道，“你可以试着想象一下⋯⋯你开着这艘船行驶在曼哈顿第五大道上，普拉达专卖店在你的右边，杜嘉班纳专卖店在你的左边。你沿着第五大道直着向前开，直直地瞄向地平线上的古驰专卖店。”

快艇开得像笔直射出去的箭，直奔前方。

她笑了，她向来是个很有风度的人。她的言行给我们留下了深刻的印象，像她这样的人能够接受挑战，并且表现得还很不错，确实不同寻常。她以前所知道的就只是海面上可能会刮八号热带气旋。至于我们经常拿她开玩笑，嗯，则意味着所有人都接纳了她。

午夜之前我们到达了格莱斯湾，海水还是很平静。在远处消失的太阳拖着尾巴在天际划出一道长长的橘光，我们陶醉地坐在船上各有所思。我感到很平静、很满足。

奈杰尔小心翼翼地驾着船穿梭于数不清的小岛，经过许多铺满苔藓的巨石，有时候仅仅离我们约 27 米那么近。奈杰尔全神贯注地盯着定位装置的屏幕。

“向左 5 度，保持航向前进 300 米。”他镇定地说。他在自己得心应手的领域，用极为精准的西姆拉德定位仪，为我们计算出安全航线，确保我们可以避开那些致命的暗礁。

最终，我们驶进了格莱斯湾，发现有上百艘渔船停泊在这里。渔民们在卤素灯下安静地忙碌着，运送着他们捕捞到的东西，整个港口弥漫着一股浓烈的鱼腥味。我们在逐渐狭窄的湾道静静地滑行，几乎没有什么当地人注意到我们。

我们把船停好，发现这附近唯一开着的地方就是码头上那个小小的救护站，门是敞开着的，我们径直走了进去。值夜班的人看到全副武装的五个人笨拙地走进他们的厂棚，似乎很吃惊，也很好奇：这几个人到底是做什么的？他们非常友好，慷慨地给我们提供三明治和热茶。

很快就到了和卡萝尔道别的时候了，我们帮她打了一辆车，将她送到她要入住的机场附近的酒店。

“太谢谢你们了，”她说，“这一切都太神奇了。能和你们度过探险的首段航程是我的荣幸。我会一直牵挂着你们，直到你们安全返航。照顾好彼此，好吗？”

“当然。”我向她保证。

纽芬兰是新斯科舍北面的一个大岛，奥克斯巴凯斯是它南端的一个小城镇，凌晨 1 点后不久，我们就向着那里进发了。小岛和岩石在月光下呈现出美丽的轮廓，同来的时候一样，我们小心地穿过它们，直到进入开阔的水域。

我们要去的是拉布拉多海岸最远端的加拿大港，需要向北开很久，而径直开过这片水域大约 161 千米就可以到达奥克斯巴凯斯湾，在去加拿大港之前我们打算先在那里加油。

大约凌晨 3 点，查理在值班时注意到北方天空中有一抹绿光。

“那是什么？”

“可能是纽芬兰的灯光。”奈杰尔说。

但是纽芬兰是一片巨大、壮丽的荒野，而不是拥有千万居民、万家灯火的大城市。

“或许是石油钻井平台。”我猜。

“不可能，那是北极光。”安迪说道。

确实是。这是大自然在地球北端每晚都会上演的著名的灯光秀。简直让人叹为观止，天空就像被天堂音乐会的舞台灯光照亮一般。我们目瞪口呆，喜不自胜，坐在船头观赏，置身这个世界上最盛大、最引人注目的舞台，如痴如醉。

尽管前面依然艰险冰冷，但在探险的第一晚，我们就享受到了大自然的华丽盛宴。然而，我们再也没有看到北极光。天气一直跟我们作对，厚重的云挡住了北极光，留给我们的只是一个个漫漫黑夜。

但那都是后来的事情了。眼下，就在探险旅程的第一夜，我们五个人坐在一起，一边欣赏着美景，一边享用泡水的袋装焗豆。那一晚，不感觉自己无比幸运几乎是不可能的。

北极光一直持续到凌晨4点。米克和我负责黎明前的掌舵任务，其他人都抓紧时间挤在那个小空间里休息。6点30分多一点儿，我们就在宁静、雾气弥漫的黎明中驶进了奥克斯巴凯斯港。

到现在为止，我们所经历过的这些事情，都可以算得上非常幸运。每个人都感到自信，各司其职，心中目标明确：活着完成这次横渡。如果往后的每一天、每一夜都像今天这样，达成目标就太容易了。但我们心里都知道这是不可能的。气象和海水的变化仅仅是时间问题。

当我们到达奥克斯巴凯斯港口时，我看到港务长站在那里迎接我们。克罗伊事先打电话通知了他。定位系统能够实时让她了解我们的行踪，她这种对细节的专注，让我们的这次探险获益匪浅。一抵达港口就受到热情欢迎，和到达之后需要四处找人解释我们是谁的感觉完全不同。

“欢迎你们来到奥克斯巴凯斯港。”港务长笑容可掬地欢迎我们。

我原以为这里是这一带航运的主要枢纽之一。毕竟，它是进入北极圈北部水域之前的最后一个“大型”港口了，它还是纽芬兰和加拿大大陆之间航运的中转站。然而，这里只有一些老旧的木板船坞和伸向海中的水泥码头，可供大型破冰船和渡轮补充燃料或者下船登岸。

太阳很快升起来了，黎明冰冷的空气开始变暖，我们都很高兴能够顺利抵达，一上岸就开始脱掉一层一层的冲锋衣、保暖内衣和防水服。

码头木质人行道的尽头，坐着一帮当地的渔民，他们一个挨着一个倚在栏杆上，慵懒地抽着烟，他们身穿伐木工衬衫和及胸的粗糙防水衣，当我们在船上边忙边七嘴八舌地说着话时，他们略带警惕地朝我们看了看。

我脱掉了沉甸甸而且气味难闻的装备，然后团成一团，把它们扔在甲板上。我如释重负，现在的我身上只剩下内裤了。我突然意识到，我们需要更多绳子，我四下瞄了瞄，发现前滩上一栋破旧的老楼前挂着"日常用品"的招牌。

那里应该有我们需要的东西，但我真的不想重新穿回那一大堆的装备。我瞟了一眼那些渔民，心想：嗯，他们以前肯定见过穿着内裤来回走的男人。于是我穿上我的幕斯托航海靴，深吸了一口气，只穿着靴子和内裤小心翼翼路过这些渔民身边，径直走向小杂货店。

他们看了看我，又彼此对了对眼神，然后继续一言不发地盯着大海抽烟。查理见状咯咯地笑了起来，并用相机记录下了这一幕。

在一个晴空万里，阳光闪耀的早上，我仅穿着内裤在小杂货店里闲逛，这种感觉就像是置身天堂。

06

劈波斩浪

如果你不挥手告别身后的海岸，你就无法发现新的海洋。

——克里斯托弗·哥伦布

英国人一直以来都对天气预报充满热情，全英国上下都是如此痴迷：看完新闻一定要看天气预报。气象预报其实没什么用，他们只是在听到房顶落雨的声音时，感到难以言喻的满足，其实并不介意气象预报员说得到底准不准。这是个奇怪的消遣，我的岳母在这方面是个高手。

当外面开始落雨，维尼总会从沙发上起身，若有所思地说："喏，这次预报真挺准的呢。"

当然，在她看来，天气能被准确预报是件不同寻常的事。

然而，在北大西洋的海面上，天气预报是否准确远不是夏日的晚宴上会不会下点小雨那么简单。

对我们来说，气象预报意义重大。只有气象预报准确，我们才能顺利地完成我们的探险。这让我有点担心。很多事情都悬在这些预报上面……特别是我们的命！那么多次预报，最终看来，我们似乎格外幸运。

我们并不希望遇上什么惊涛骇浪和暴风雨，因为我们不想用生命做赌注。我们也不想当什么英雄，我们只希望安全就好。只有确保预报正确，我们才能平安返航。

就是这么简单。

全世界我最渴望的一件事就是平安回到莎拉和杰西的身边，当个好丈夫和好爸爸——全靠准确的天气预报，我才能远离那些危险的境况。

当然在这次探险中，还可能遇见其他的危险因素，但是坏天气带来的恶果是最危险的。在一个毫无遮蔽的小船上，我们极其脆弱、不堪一击。

我们的海上专家安迪，深知无法预知海域天气状况的危险性。就在我们出发前的几个月——3月，他乘“纽卡斯尔”号驱逐舰执勤，从康沃尔海岸出发，驶入波涛汹涌的大海。“纽卡斯尔”号是一艘约141米长的42型驱逐舰，安迪在舰桥上看到，千百吨的海水疯狂地拍打着舰艄，舰身在黑暗中剧烈地摇晃、挣扎。安迪开始理解一个仅仅约10米长的硬底船是多么不堪一击。他和我们所有人都知道，气象预报对我们来说可谓重中之重。

一抵达奥克斯巴凯斯港，我就和米克去查气象预报。后来这成了我们的惯例：每到一个港口，米克和我都第一时间去查气象信息，并打电话给英国的迈克·唐恩咨询。迈克是英国顶尖的气象学家之一，更是为数不多的准确预测了1987年飓风的专家之一，有他的帮助是我们最大的幸运。

我们探险后第一次跟他联系是通过卫星电话。

这是我们从船上打回去的第一个电话。正式启动了好天气追踪系统。这会儿英国正是中午，也是一天之中唯一能跟迈克·唐恩联络的时间。不幸的是，之后联络他都是在英国的晚上，但不论我们什么时候打电话给他，他都不介意。他很清楚我们有多需要他。

“我们在奥克斯巴凯斯港。这里的天气怎样？”

“看起来还好，”他回答，“接下来的24小时你们应该不会遇到什么问题。”

“所以天气很明朗？”米克问。

“差不多，会有几个局部的小锋面，但是不会构成什么威胁。南边有个大风暴，你们应该不会碰到。往北气温会一直下降，但是你们不会碰到比五级北风更糟的情况，而且是顺风。所以应该没什么问题。”

刚认识迈克的时候，我称他为“先生”。他是我学生时代的地理老师，但很快我们就成了朋友。他是个登山爱好者和武术家，更是个真正的好人，很多学生都喜欢他。他以前经常组织我们去湖泊地区登山旅行，那时我和米克只有15岁，我们十分热爱这些户外活动，并且非常投入。对我们来说，他给了我们巨大的鼓舞，毕业后，我们一直保持着联络。

认识莎拉不久，我就计划周末带她一起登山。在莎拉的记忆中，那是一个浪漫的周末之旅，对我来说也可以算是几次难忘之旅中的一次，我们要从斯基多峰的两个大上升坡登上去，那是条十分难走的山路，那次迈克还把他在坎布里亚的小屋钥匙给了我，让我借住在那里。

我在军队服役的那几年，迈克总是往我的帆布背包里装石头，让我背着石头徒步上山，而他自己一边由两只巨大的伯恩山犬拉着上山，一边喊我快点跟上他，因为三明治在他那里。

迈克常常是我力量和友谊的源泉，我对他百分百信任。而他是恰巧为数不多的可以准确预测飓风的专业人士之一，这太让人高兴了！

用我以前地理老师的气象预报作为我横渡北大西洋的气象参考，有人会觉得这有点不可思议，甚至有点外行。但我很喜欢这样，我很庆幸自己以前的地理老师刚好是这方面的专家。

隶属于海军的舰队气象中心，也为我们的探险提供非常重要的信息，一到港口，我们立马联网，登录不同的气象网站，其中一个是由美国军方设计并维护的。

我们的第三个气象指导则源于当地的居民。那些住在相对偏僻、人烟稀少地区的居民们，预测天气的水平并不低。在世代的传承中，他们掌握了解读和认知天气的方法；学会了如何观察天空，感受风并用自己的直觉来预测天气。

我们的底线是不要和暴风雨正面交锋，而对这些靠打鱼为生的渔民来说，躲避暴风雨是他们长年累月、日复一日要做的事情。

在奥克斯巴凯斯港，当地居民似乎不怎么担心天气。临近中午，一个干瘦的老渔民现身码头告诉我们，他们刚从连续19天的浓雾中返航，但现在天气似乎在放晴。

“不过，你们还是要小心，”一个穿着毛衫和褪色仔裤的老人说，“海上的天气说变就变。”

通常我们会预测较短距离的天气，比方说，离岸大约97千米，但这仍然距离我们真正想要预测的海上天气差很长一段距离，我们需要预测的是大约1609千米外的情况，那将是另一种完全不同的情况了。

也许你被告知风速只有9.3千米/小时到18.5千米/小时，并觉得这没问题，但是只要风速比这再大两成，就可以产生巨浪，于是你只好降低船速，突然之间你精心计划的两天航程，就变成了三天甚至四天……而那多出的一两天，充满未知和危险。

我们一直以来就很清楚，要想有准确的预报是很难的。不仅仅是因为我们将穿越一片几乎没有标记的广大水域，这里很少能看到船的踪影，所以有关政府也不会放置太多的天气浮标，关于天气的相关信息通常只是粗略的预报，不可尽信。

大部分时候，只要有一个相对准确的24小时预报，我就很满意了，然后根据这个再做一个相对合理的评估，并期盼我们的判断是正确的。最重要的是，我们只能尽可能地提高警觉，不放过任何细微的变化。

一个清爽的早晨，就在10点那会儿，“亚诺探险”号准备离开奥克斯巴凯斯港。我们用一大把50美元的钞票重新加满燃料。钱是从密封罐中拿出来的，那里还放着我们的护照、钱包和家人的照片。我们和当地的居民道别后，就向北出发了。

航行不到15分钟，我们就深陷浓雾，感觉快艇就像是在浓稠的汤中缓慢地行驶。雾太浓了，以至于我们根本看不到船头。我们简直就是在盲开。

我们早就被警告说这个地区的磁场会有变化，现在罗盘开始变得很不稳定。这让我们感到不安。我们现在只能靠这些电子设备带领我们前行。

穿过薄雾，我们时不时会远远地瞥见右侧的纽芬兰岛，崎岖延绵的海岸，或是远方的灯塔；然后，一切又会变得灰暗潮湿，和我们一起被包裹在雾中。这种雾气一旦碰上，很快就会悄无声息地把你打湿，让你被层层包围，无法逃脱。

海面仍然很平静，我们仍然平稳地行驶在这片诡异、寂静的海景中。渐渐地，我们开始适应这种航行。

当下午的戏份上演的时候，气温开始下降，波浪逐渐增大，形成了涌浪。这样的改变是缓慢、循序渐进的，但是我们都清楚，我们已经到了一片更大的海域。我们知道自己正向着贝尔岛海峡前进，风和水流将浮冰带到纽芬兰和拉布拉多半岛之间的水域，形成了一个天然的漏斗。这片狭长的海域，不但臭名昭著、人迹罕至，而且危机四伏、难以预测。现在，我们还有不到483千米就要进入这片水域了。我们全都集中精神做好了准备。

可以感觉得到，一切都变了。我们孤身向北。前方愈来愈冷、愈来愈与世隔绝，浮冰就漂在前面的某个地方。我们现在还不知道距离它还有多远，但是它就在前方，向北延伸，静候我们的到来。告别了奥克斯巴凯斯港之后，我们知道，重返文明世界将会是很久之后的事了。

我们静静地进入各自的领域，一遍又一遍地检查东西，但一在船上行走，就会不断地摔倒。我们完全没有侥幸心理，每个人都把个人抢救包别在腰间，这个小防水袋里放着探险的必需品，比如手电筒、刀具、手持无线电对讲机，还有迷你型求救信号弹等。

每一个人都准备了足够的晕船药，这些药片还是挺管用的。我每8小时准时服用一次，因为我必须随时保持警惕，避免自己因晕船而虚弱，失去了方向感。

我很快就发现，置身在狭小的空间里，晕船会更严重，一旦你晕船了，就会完全无法动弹。你躺在那里，迫切需要一些像样的休息，但周围弥漫着柴油刺鼻的气息，引擎声嗡嗡作响，把你彻底压倒。又湿又冷的你可以感觉到嘴边海水的苦咸味，鼻腔也是又酸又疼，胃里翻江倒海，仿佛无论如何都没法让这种感觉停下来。此刻，你什么都不想要，只希望自己蜷缩起来死掉。

他们说晕船有两个阶段：第一个阶段是你根本不在乎是不是会死；第二个阶段则是，你开始祈祷自己早点死。

当你开始在船边呕吐时，补充水分是至关重要的。你得从控制台旁边气罐桶里的水泵里取水饮用。你会很不情愿做这事，但你必须这么做，这样才能恢复体力。

“喝水。补充流失的水分。别停，一直喝。”这成了我们的口头禅。经验告诉我们，在这种毫无遮蔽的船上，特别是情况糟糕的时候，脱水是致命的问题。迎面而来的是数不清的巨浪和飞溅而来的水沫，这就意味着我们不可避免地吞掉很多海水，也意味着机体摄入了过多的盐分，而你需要喝两倍的淡水才能平衡体内的盐分。在海上，你从不觉得想喝水，这也就是为什么喝水成了我们必须牢记的活命准则。

在航程中，值班表渐渐定了下来，执行起来也相当不错。我们决定5小时就轮班。每个成员掌舵一小时，导航一小时，接下来的一小时则可以坐在“躺椅”上，所谓的躺椅，也不过是一块拴在两个金属杆之间的橡胶材料，倾斜向下，最后在船上的那个小空间里休息两小时。每个整点就换一次班，几乎没有例外，五个人井然有序地轮着班，履行各自的责任和义务。

我们的想法简单明了：把巨大的挑战分散成一个个可以掌控的小任务去完成。我们推算在这近 1609 千米的旅行中，总有些眼前的琐事会分散我们的注意力。有时候时间过得很慢，特别是当你身体不舒服的时候。所以将注意力放在完成小任务上，然后再换到下一个新的事情上，会比什么都不思考盯着定位系统，看我们移动得有多么慢容易得多。

人类是习惯的造物，所以我们需要有东西可以专注。这个惯例在事情变得很糟的时候，可以把大家团结在一起，我下定决心，不论发生什么，轮班制都彻底执行。甚至你在小空间里休息的时候，过了一个小时，你旁边休息的那个家伙离开时，你就得翻身到右边去躺，让进来休息的另外一个家伙可以在你的左边躺下。

探险初期，我们还在那些平静的海域航行的时候，我们中的一个提议说，不如我们干脆不换班了，就待在自己原来的位置上，反正也没什么危险，但是我还是坚持这种轮班制。

这是我们的纪律。在极端环境下，人们依赖于习惯，你对这些习惯越是熟悉，这种不熟悉的环境对你来说越没那么可怕。在大海上，当你对某些情况很有把握，当你知道这是你信赖、固定不变、可以掌握的情形时，那么海上生活也会变得相对容易，无论情况如何变化，我还是希望这个轮班制不要改变。

这个轮班制唯一的缺陷是，你必须与你旁边的人相处得很好才行。这个轮班制意味着，你常接触的人也就是在你前后值班的那两个人。当海浪汹涌的时候，你需要戴上头盔，穿上你的全套装备，即使大家共同生活在这几平方米的生活空间里，你也几乎感觉不到距离你仅一个座位远的其他两位成员的存在。这听起来很不可思议，但在整个探险过程中，有时候，过去了24小时，我甚至没有看到安迪，尽管我们相距从未超过一米。

米克很喜欢这种安排。他说这是他理想中的度假模式：没有谈天说地，没有寒暄闲聊，只有引擎的轰鸣声。他还说如果这个轮班制能在全英国推广，生活就太美好了——这肯定是工作过度，处理大量公务电话的后遗症。

随着我们逐渐熟练操作设备，轮班制也渐入佳境，我们飞速前进，有时候在后面海水的推动下，快艇会达到46.3千米/小时的速度。

我还记得有天晚上安迪告诉我，他如此积极地希望参加这次探险，是因为他十分渴望经历一些不同寻常的海上状况。就在离开奥克斯巴凯斯港的第一个傍晚，就如他所愿，我们在惊涛骇浪上体验着无可比拟的“冲浪”感觉。

我们意识到，随着航行的继续，大海不论在广度上还是在力量上都在不断增长。越来越有力的海浪从后面袭来，卷起我们的船，把船托到浪尖；然后浪尖瞬间四散开来，我们的船就会飞快地俯冲下去。那感觉简直太惊骇了。我们回头就能看见海浪消失在白色的水花中间，但没过多久，另一股巨浪就将我们的船再一次高高托起。

滚滚巨浪，一浪接着一浪。

黄昏时分，浓雾再度降临，但我们的快艇随着海浪起伏，仍然保持着很不错的速度，我们凭借自己的直觉，朝着目标前进。我开始想象，如果我们在随着浪俯冲的时候撞到冰山会怎么样。照这个速度，在一片漆黑的环境中，我们完全没有时间应对从后面突然涌上来的浪。这个想法可并不怎么让人愉快，但是我安慰自己，曾经有人和我这么说，在这个季节，你不会撞上浮冰，除非你再向北航行得更远。抱着这样的信念，我们维持着这个速度冲出了笼罩海面的雾。

这真是诡异的一天。

开始是雾气笼罩，然后是降温，接着是慢慢高涨的海浪，再接着就是一片漆黑，最终所有这些都搅在了一起。接二连三，大海像是在集结所有力量来对付我们。单一来看，这些困难没有一个会被我们放在眼里，但它们第一晚就这样聚结在了一起。我们都能感觉到，这次探险正在进入新的阶段。娱乐游戏时间结束，我们的探险正式开始，任何失误都会让我们付出惨痛的代价。

每向北航行约1.6千米，就能感觉进阶到另一个层级。这让人有些激动，我们花了那么多时间和精力就是为了这一刻的到来，如果说我的心没有为此怦怦直跳，那绝对是骗人的。

当我们快速驶入贝尔岛海峡北端最狭窄的海域时，雾气和黑暗中闪耀着灯塔的光芒，提醒我们距离海岸已经有多近了。这个时候，我们更需要全神贯注，控制好快艇的方向，把被海浪拉得偏离的航向矫正过来。我得用心去感受快艇的节奏，以减缓海浪的影响。

这艘快艇就是为了应对这种情况而设计的，面对海浪，它依旧如鱼得水，当然这也多亏我们的训练。这就是我们为什么在这里，周围没有其他人：只有海浪、雾、快艇，以及五个人。这就是生命力，就是在这些时刻，我才感觉自己意气风发、生龙活虎。

当我们靠近贝尔岛海峡，距离它只有大约80千米的时候，我发现自己正在私下盘算着轮班制要怎样展开；在关键时刻由谁来掌舵，指引我们穿过洋流和海峡，与潮汐竞技。可能是我，也可能是米克，我知道米克也在想同样的事情。

这将是一场硬仗。天上没有星星，在雾中很容易丧失方向感，视野所及，一片茫茫。

午夜时分，当查理掌舵时，我发现快艇正往完全错误的方向行驶，然后查理做了180度大转弯，才使我们回到了正确的航道。他大声地咒骂着自己，但其实这个失误再正常不过了。前方的地平线和大海变成一团滚动的黑暗。海图仪满屏幕是红绿的点，让人眼花缭乱，疲劳袭上你的眼皮，颠簸的浪让你偏离航线，每一次轻微的过度校正都会被船尾的喷气式发动机加倍放大。船对舵非常敏感。

在凌晨1点，我刚值完班，接替我的是米克。他将是那个带领我们穿过贝尔岛海峡的人。他需要集中精力，这一点大家都很清楚。我们几个都没有睡，坐在那里看着他在海浪翻滚的咆哮声中，奋力将船保持在正确的航道上，带领我们穿过海峡。

那感觉就像我们骑着某种野兽，它太强大又不能被驯服，我们都很清楚，我们永远不可能完全控制它。当我们随着海浪一路向前冲的时候，我发现自己又在暗自祈祷不要遇到浮冰。

巨浪先将我们重重摔下，然后又将我们高高托起，我们的快艇上下起伏，就像我们和波浪合为一体，正在一起追赶前面的浪头。

我们在和大海赛跑。

一小时之后，我蹲在控制台旁边，借着手电筒在一片漆黑中查看其中一个燃油表，突然一个巨浪从侧面狠狠地拍了一下船身，我的头重重地撞在金属控制台上，我摔回座位，用双手抱住额头。

我痛得大叫一声，双眼紧闭，感觉自己眼冒金星，头痛欲裂。

查理问我："你还好吗？"

"嗯，还好，"我脸上的肌肉还有些抽搐，"你能帮我拿着手电筒，让我再检查一下燃油表吗？"

检查燃油表是一件麻烦的事。一直以来，我们都是把燃料放在四个地方，这样可以分散重量保持船的平衡和性能。我们会先用完中间的油箱，然后是两边的油箱，最后才会用到船头的那个油箱。

整个流程需要遵循燃油控制杠杆原理及许多规则，这套燃油系统才能发挥功效，为了让大家能清楚地读懂燃油表，安迪在上面做了标记，即使在晚上我们也能看清楚并知道该怎么做。

我跪在那里检查我们正在用的中间油箱的表盘，确定现在是不是需要换油箱了。这项检查包括了往油箱中泵气，等过一段时间表盘稳定下来，再读取上面的数据。

“看起来没什么问题，”我向旁边的查理喊道，“读数正常。”

引擎通常以每分钟 2600 转的速度运转，发出的轰鸣声一开始可能显得很吵，但对海上的我们来说，这引擎声具有神奇的催眠作用，让人感到心安。轰隆声代表着力量和正在驶向正确的方向——我们正一步步向家的方向驶去。我们渐渐爱上了这个声音。

15 分钟之后，这种声音没有任何迹象地消失了。引擎转速暴跌，然后就停住了。突然之间，我们嘈杂的机械世界一下子静得吓人。从大约 450 马力到 0 马力，现在快艇只能靠着后劲向前行驶，因为我们的引擎已停止运转了。

我们的心仿佛也一起停止跳动了。

那时将近凌晨 2 点 30 分，我们仍然在海峡最后一个转弯处。所有人立刻惊醒、保持警戒，体内的肾上腺素飙升，迫切地想解决问题：安迪原本躺在那个小空间里，但他一下子就跳了起来，去检查杠杆、过滤器、引擎监控系统，所有动作快如闪电，在本能驱使下，迅速进入应急模式。

“把引擎盖子打开。”他冷静地说。

剩下的四个人摸到引擎闩，掀开盖子，照亮整个引擎，就像海军工程师做的那样。

“没油了！”他抓着发动机启动注油器，脸因为用力变得扭曲。“我们得动作快点。涡轮可不喜欢这样。”

他开始疯狂地拍打发动机启动注油器，边打边启动。我站在他身后，清楚地知道，快艇在世界上最危险的水域里丧失了动力，若有任何大浪打来，我们将死无葬身之地。

没有了引擎的轰轰巨响，我们第一次清晰地听到狂风猛烈地抽打海浪的声音，它远比我知道的更猛，更恐怖。

黑黝黯的海面夹着雪白的浪花，黑一阵，白一阵，突然之间我们成了任凭大海摆布的小船。如果再有巨浪拍到船身侧面，没有引擎推动力，我们将无力应对。一团漆黑之中，我们遇到了探险以来第一个艰巨挑战，我只能祈祷安迪能尽快修好引擎。

时间似乎停止了。

我们只有等待。

两分半钟感觉就像是几小时一样漫长。

然后，安迪看着我，又看了看引擎，大声说：“现在再试一下。”

我深吸一口气，转动了点火装置的钥匙。

有气泡声，劈啪作响。

又陷入一片死寂。

“贝尔，再试一次，然后握住不松手。”

我照做。

引擎发出悠长的一声，接着出现不同的声音，终于，引擎发动了，那个让人心安的轰鸣声再度响起，我们的船又活了过来。

几小时后，米克告诉我，在听到引擎停转的寂静时，他的双腿已经软成了烂泥。我也是，而且接下来的几小时都还心有余悸。

“干得好，伙计，”我对安迪说，“好样的！”

“中间的油箱空了，我不知道为什么会出现这种情况，谁是最后一个检查燃油表的？”

中间的油箱，空了？

我知道油箱空了意味着什么。

“是我，”在震耳欲聋的引擎轰鸣声中我告诉大家，“对不起。我一定是读错了燃油表的数。我保证以后不会再有这样的事了。”

大家都不说话了，继续前行。

我知道是我造成了这次危机。我之前检查了那个油箱几次，一定是读错了燃油表的数。这是不可原谅的错误，我不停地敲着自己的脑袋，很生自己的气。这可能会造成灾难性后果。我怎么能这么蠢，这么不小心呢？

事后回过来再看，在这次探险中第一个犯错误的是我，也未尝不是一件好事。犯错是不可避免的，自然而然，谁都不愿意做第一个犯错的人。

身为领队的我犯下第一个致命错误，反而能让其他人卸掉包袱，但我感觉我有点让他们失望了。还记得已故的父亲曾经告诉我：“如果你想有好的团队，那就选比你强的人。”但大部分人的做法恰恰相反，因为弱者让他们自我感觉良好。但我挑选的队员个个比我优秀。

这是我们最大的优势。

当船终于发动，贝尔岛海峡消失在身后的黑暗中时，我们着实松了一口气。

夜渐渐深去，黎明到来之前，雾气已经退下了。左侧渐渐现出黑色的拉布拉多海岸线。风十分冷，刮起来像是咬在身上一样疼，我们清楚自己刚刚通过了海上的第一次生死考验。

“哇，你们看！”米克突然叫了起来。

我转过身，看见在距离港口只有大约800米远的地方，有一座巨大的冰山，有白金汉宫那么大，太不可思议了：巨大、冷峻、灰暗。海浪疯狂地拍打着它。

简直难以置信。如果我们在晚上撞上这座冰山，只会有一方幸存，但绝对不会是我们。感谢上帝，那些雾已经散去了。

现在看见冰山有点太早了，我暗自想着。之前有人告诉我们，在抵达格陵兰岛之前是不会遇到冰山的，在距格陵兰岛这么南的地方就见到冰山，并不是什么好兆头。但这是我亲眼所见。最让我担心的是，别人告诉我们的信息还有哪些是错的?

据研究，我们所能看到的冰山其实还不到它实际大小的6%。根据这个说法，我们眼前的这座冰山大得吓人。它看起来原本就属于这里，而置身黄色小艇里的我们，则不属于这里。我们像是入侵者，形单影只。我感觉那冰山在看着我们，对我们侵扰它的领域感到愤怒。

有些专家提醒我们，有些冰山不会出现在我们的雷达上面，但并非常态。实际上，加拿大海岸警备队会在大型冰山上放置雷达反射器，这让我稍稍有点宽慰，虽然也不是很多。

快艇继续向目的地行驶。我们可能要比预定时间提前3小时，大约在早上6点30分就能抵达拉布拉多海岸的圣玛丽港口。

安迪本来应该早上5点去掌舵，但是他才刚刚躺下。为了弥补大半夜把他拉起来修理引擎的亏欠，我建议由我来顶班掌舵。大家都筋疲力尽了。

黎明时分，距离海岸只有大约4.8千米时，我们突然感到一股暖风拂过脸庞。我们吹了一整晚的冷风，这可是个可喜的变化，而且风里还充满了帚石南的香味。不论是看起来还是闻起来，拉布拉多海岸都像苏格兰的野外，我们还特意地绕了远路，从巴尔特港河口抵达圣玛丽港，我们都沉浸在这香气氤氲的氛围中。

这个窄岛的两岸都是贫瘠的未开发的土地，但一转弯我们就发现了挤满渔船的小港口，周围都是铁皮屋。尽管是一大早，但码头已经人声鼎沸，渔民们进进出出，卸下刚刚捕捞到的新鲜螃蟹。

我们的提前抵达，让当地接待团队措手不及，于是我们将快艇停在一座老旧的木码头前等待。等待当地联系人来指导我们应该停到哪里。其间，我们心情愉悦地享受着这宁静的时光。能平安抵达这里，我们十分开心，这让我们有时间为前方第一个真正的考验做准备：拉布拉多海。

我拿出一瓶玛姆香槟来纪念我们第一次看到冰山，打开瓶塞，气泡喷薄而出，软木塞飞到一边，我们心满意足地开怀畅饮。

然而，不到几分钟时间，我们就被巨大的蚊子咬得遍体鳞伤，鲜血顺着查理的脖子流了下来。

“快拿香烟，快点，烟可以熏跑它们！”他一边大喊，一边狂拍自己的脑门。

但这并没有用。

很快，我们每个人身上都出现大块大块的伤口，还在往外渗血，痒起来简直要人命。我们从未见过这么大的蚊子，奈杰尔说它们必须这么大才能在如此靠北的地方生存，它们需要很多热量。毫无疑问，在享受了一次英国鲜血的盛宴后，它们肯定有足够的热量活下去了。

正在我们四处忙活，每个人双手各夹四支香烟熏蚊子却徒劳无功的时候，身后传来一个声音。

“欢迎！欢迎！我们原本以为你们晚上 9 点 30 分才会到呢。”这个洪亮的声音来自圣玛丽市长奥尔顿·朗博尔特。

“你好！”我伸出手和他打招呼，“我们一路顺风，节省了不少力气。”

“好吧，等你们收拾好了，我带你们去住宿的地方。”

奥尔顿带着我们一路沿着土路上山，向港口的建筑走去，几乎每个人都停下来和我们打招呼问好。看起来他们都知道我们为何到此，感觉他们都很渴望能帮助我们。

“祝你们在圣玛丽玩得开心！”一个渔夫说道。

“谢谢！”奈杰尔答道。

我们继续往前走。

奥尔顿·朗博尔特解释说：“刚才那个人是罗伯特·朗博尔特。”

“噢，”奈杰尔率直地问，“他是你的兄弟吗？”

“不是…… 只是个亲戚。”

很快我们就了解到，圣玛丽主要的人口，差不多有250人都姓朗博尔特。在给商店或者船只命名时，他们也很保守：朗博尔特杂货店、朗博尔特渔场、朗博尔特日用品店。

奈杰尔有些迟疑地问：“那是你的店吗，奥尔顿？”

“不是，”奥尔顿回答，“那是我表弟的店。”

“那朗博尔特修理店呢？”

此刻，奈杰尔觉得什么东西都有趣。毕竟，他已经在海上待了很久。

“也不是我的，”奥尔顿回答，“是我另一个表弟的。”

我们到了自己的房间就一下子瘫软下来，每个人都筋疲力尽，倒头就睡着了。过去的两天，没有人在船上那个小空间里睡好。在轰鸣的引擎旁边可不怎么容易入睡，每次有海浪拍击船身，我们都要做好准备。睡眠只有在我们极度疲劳、体力不支的时候才会有。当别人询问我们怎样睡觉的时候，安迪回答：“只要你足够疲劳，哪里都能睡。”

然后米克和我回到了船上，我们爬进那个小储藏室，安迪将引擎备用零件放在这里，也存放了我们一路的供给，还有让我们可以跟家里通话的卫星电话。我们得先联系克罗伊，告诉她我们的最新进展，然后再联系迈克·唐恩，咨询最新的气象预报。

我们希望下一次的判断要胜过以往。接下来我们即将穿越臭名昭著的拉布拉多海，抵达格陵兰岛，这段航程将会是整个探险中最艰巨的一段，我们不希望冒任何不必要的风险。穿越贝尔岛海峡这段，已经比我们想象中的难，还给我们上了重要的一课。气象预报也许会说天气看起来不错，但是乘坐一只小船跨越变幻莫测的大海时，我们要面对的实际情况可能跟预报截然不同。我们并非搭乘一艘大型旅游船或驱逐舰。我们驾驶的只是一艘针对近海设计的坚固的快艇，因此在考虑天气状况时，这一点也需要牢记。

迈克·唐恩对于我们的前路并不乐观。

“有一股西北风，风力可能会达到四五级，”他说，“你们是向东北方向走，所以在穿越时会遇见横浪。”

“这不是很理想的状况，但是还算可以控制。”我说。

我们又查阅了几个网站，所有的信息都预报说是西北风，对我们来说，这就意味着横浪。

我们这种船在横浪中最脆弱。比起迎面来袭或者从后面涌起的海浪，船侧来袭的海浪最容易让船失去平衡，我一点也不喜欢这种情况。

迈克谨慎地补充道：“看起来，再过 48 小时，风力会越来越强，而不是减弱。如果你们决定等等看，那你们要在圣玛丽等上一阵子了。”

真让人难以抉择。我们是坐下来等，还是铤而走险呢？才只完成了大约 1127 千米的航程，难道我们就被恶劣天气阻挡住了？

我和米克商量，我们并不想困在这里，但是我们也要保证安全。

最后，我们决定隔天出发，但隔天早上我们要再确认一次天气预报，在此之前我们不下最后结论。这让我们可以有选择的余地。同样这也意味着，如果我们确定要和坏天气较量，从北极圈直下穿越拉布拉多海，我们就得做好全部准备。

安迪整个下午都在船上忙碌，检查、维护相关机器，我则反复思考要不要出发。米克和我都认为，无论如何，这一晚我们应该好好休息，天一亮就出发。天气预报并不算糟，直觉告诉我应该继续前进。

要是能在圣玛丽再多待一段时间，和这里的人相处的感觉应该很不错。但我们也清楚，我们需要在风力最强、最不利航行的季节到来之前穿过拉布拉多海。接下来的两天里只有四五级风，听起来似乎还是不错的选择。

我有信心平安穿越。我唯一担心的是，这是至关重要的一段航段，只能成功，一旦我们离岸约644千米，我们就没有空间再去犯任何错误。否则就太迟了。我从来没有离开陆地这么远过。最远的一次也不过约80千米，尽管那样我也觉得自己已经很充分地暴露在大海之中了。我打开录音机，开始录音：

我仍然觉得很累，也很担忧。对于气象预报我并不是很确定。到底是等坏天气过去再出发，还是趁它还没来之前就启程？这个局面有些尴尬。这是目前为止最难做的一个决定。

我记得嫂子安娜贝尔在我出发前对我说：作为领队，整个探险过程中将面临很多困难，而这就是其中的一个。

在这样的时刻，我特别想念莎拉和小杰西，我很想念我们在一起的时光。

在做出艰难抉择的时刻，身为领队，我却无法静心，我感到很脆弱。我只希望大家能团结一致，相处得开心，并做出正确的决定。我希望自己可以做到。

之后，我又和克罗伊通卫星电话。她接到米克女朋友玛丽的电话，传来玛丽父亲突然去世的噩耗，事情就发生在我们离开哈利法克斯时，我看见米克正在准备东西，告诉他给玛丽打个电话。我提醒他并不是好消息。米克悲痛欲绝，备受煎熬。团队需要他，而此时玛丽正经历丧父之痛，也需要他的陪伴。

玛丽一下子垮了，痛哭不已。她刚痛失父亲，她的男朋友米克也处于性命攸关之际。后来，她甚至发现了一个信封，那里面是米克离开英国前一天写的遗嘱，这成了压垮玛丽的最后一根稻草，她现在根本无法承受这一切。

米克和我谈了一会儿，一部分关于玛丽，一部分是我们现在要怎么做。我们试着理性分析所有的情况，但是很快我们就被一个熟悉的声音打断了。

“所以，我们期待今晚能见到你们。”

是奥尔顿·朗博尔特市长，他再一次伸出友善好客的手，邀请我们去市政厅参加一个活动，看起来我们是荣誉嘉宾。

“我们要颁发拉布拉多荣誉市民奖给你们。”他咧嘴笑着说。这听起来让我有点担心。我曾是荣誉军人，但绝不是什么好事，从来都是这样。

“嗯…… 好，这是我们的荣幸。”我说道。

我脱口而出。其实我们前一晚就计划今晚早点就寝，如果拒绝出席，就显得太不礼貌了。

“我们就出席一下，让大家看到我们，送市长一瓶上好的威士忌，作为这些天来他对我们帮助的答谢，然后我们就回来睡觉。”我告诉其他人。

事实上，他们比我更加迫切地想去。“那一定很有意思。”查理补充道。

于是我们就去了。

我们跟市长约定在一幢房子里见面，见面后我们再一起去。奥尔顿一路兴奋地给我们介绍“市政大厅”。当我们快到时，大家兴致很高，等着庆祝到目前为止我们的探险历程。

“这么小的地方，路却修得不错。”我们走在路上，奈杰尔感慨地说。

“是的，”查理补充说，“特别是你知道他们就是在这个城里走走，并不需要通向其他什么地方。这里没有去多伦多的路，也没有去其他地方的路。唯一到外面的方式就是坐飞机或航海。”

我们抵达时，里面满是欢乐的渔民，到处都是啤酒。当地人十分友善，当他们说起简直无法相信我们竟能驾驶一艘约10米长的黄色小艇从新斯科舍过来时，我们感到十分自豪。

“从现在开始，你们要放松心情，”一个朗博尔特说，“后面的海域会更复杂、更困难的。”

另一个问：“你们什么时候出发？”

我告诉他，我们很可能第二天就出发，此话一出，立即激起了千层浪。

渔民们异口同声：“你们可不能这么做。现在是北风，我们在刮北风的时候绝不出海。”

“真的吗？”安迪问道。

“是的，绝对不能。”

当地的渔民百分之百肯定，我感觉自己立即成了焦点。

“为什么不能出海呢？”我问。

“北风最恐怖，”他们回答，“它们从北极圈过来，直接扑向海岸，寒冷刺骨且非常危险。我们这里有个约定俗成的规矩，北风刮起的时候，我们会等风向变换之后再出海。”

这话的确有道理，我试图整合全部信息。

首先，我告诉自己，这些渔民可能只会面临离岸80千米以内的情况，最多不过 161 千米。我们考虑的要多得多。我们需要面临离岸 1267 千米以外的情况，这样情况就变得完全不同了。我们要从全局看待这个事情。

其次，我脑子里闪过的念头是，他们不是每天都有宾客到访的，虽说查理和奈杰尔讲的笑话无聊透顶，可他们仍然不希望我们这么快就离开这里。最后我想到，我们的到访为他们一成不变的生活带来了变化。

很快就晚上 11 点了，我保证过这个时间我们一定会回去休息，但夜晚对他们来说才刚刚开始。朗博尔特市长宣布，是时候继续前往市政厅和其他居民一起狂欢了。我们一到那里就发现，不仅仅整个城市，整晚的娱乐似乎是 …… 我们。

当地居民的热情让我们受宠若惊，不忍拒绝，于是我决定还是尽情享受这场狂欢吧。我们也喝了酒，甚至我还和朗博尔特夫人跳了一支舞 …… 尽管我不太确定我是和哪一位朗博尔特夫人跳的。

不久，我们被带到一个木制台子上，准备接受作为拉布拉多荣誉市民的荣耀，我们被告知要穿上齐胸高的靴子、围裙、发网和长橡胶手套，还要在腰间围上捕蟹网。

这实在不太好看啊！

聚集的群众里传来阵阵笑声，他们玩得很开心，我们被邀请喝掉 400 毫升家酿啤酒，吃了一大块抹着可疑的当地酱料的面包。此外，我们还要唱歌。

而且这还只是热身！

接下来我们每一个人都拿到一条看起来明显腐烂的沙丁鱼，我们得吃掉包括头在内的整个沙丁鱼。感觉大家玩得有点失控了。我们全都面面相觑，不知所措，米克说他确实是受够了。

“贝尔，我一直很有风度，但这实在有点过了，”他突然变得很严肃，“如果我们吃了这种东西，可能会病好几天，我这话可能不中听，但是我们的任务是完成这次探险，而不是成为拉布拉多的荣誉市民，虽然这是一件好事，但我们得保持理性。”

他是对的。安迪、查理和米克巧妙地把沙丁鱼扔到一边，但是奈杰尔和我在最后，大家可以近距离地观察到我们的一举一动。完全没有逃脱的机会，我看了一眼奈杰尔，深吸了一口气，我们一起咬下了那个可恶的沙丁鱼的头，嚼了起来。

我们终于在凌晨1点30分脱身，回到旅馆。“比起沙丁鱼，还是凶猛的大海更吸引我。”我对米克说道。

只要早晨最后一次气象预报没有问题，我们就按原计划早上6点30分出发。无论我们对风和横浪有什么怀疑，无论当地的渔民如何建议，最根本的问题就是糟糕的天气已经成形，更糟糕的天气还在后面等着呢。如果我们等下去，就会一直被困在这里。

我们还有48小时的好天气，我也相信，即便五级风提早出现，我们仍然可以处理好这个问题。

我倒在床上，翻来覆去睡不着。不停地思考、质疑。最后，感谢疲惫，我沉沉睡去了。

07

“与我同在”

有信仰，人才能活下去——相信自己，也相信别人。

——佚名

我们在圣玛丽参加颁奖仪式之后，所有人都在凌晨4点30分醒来，准备踏上整个探险中第二长的航程，直穿拉布拉多海约1127千米的海域。我们确认了天气预报，跟原来的预报一样。于是，到6点30分，我们就起航了。

我们再一次感受到了加拿大人的热情。离开这里难免会有些伤感，尽管天色尚早，当地人也聚集在码头上向我们挥手道别。

离开时，我送了奥尔顿一袋巧克力让他钓鱼的时候享用，我们隔着海向他大声道谢。这真是让人动容的时刻，但是稍后我就意识到，自己将卡萝尔落下的医药箱放在给奥尔顿的那个装巧克力的袋子里面了，这可不妙。

那可不是随便什么人用的药箱，而是卡萝尔的私人灌肠药箱。出于某些奇怪的原因，它被认为是绝对不可缺少的医药箱。当奥尔顿再去钓鱼，从口袋里翻找巧克力的时候，他绝对会大吃一惊。

尽管如此，一切都进行得十分顺利，我们都感觉到一股自信和兴奋之情涌上心头。我们正经过的地方是被称为世界上最美丽的地方之一，从圣玛丽的狭窄海湾到巴特尔港，两侧是连绵起伏的山峦，到处都是熟悉的帚石南和冷杉树的浓郁芬芳。海面就像镜子一样平静，我想世界上再没有其他任何地方能如此吸引我，此刻我只想和这四个人在一起。在这神奇的时刻，我感觉到自由而惬意。

安迪在检查引擎；米克正在和迈克·唐恩通话，了解最新的气象预报信息；奈杰尔正在海图仪上标出新航点；查理在检查相机的防水功能。所有人都在忙着自己的工作，每个人都充满力量。

我不知道我们将多需要这份力量。

对我而言，我已在圣玛丽经历了考验，做了艰难的抉择，并设法渡过了难关。我很确定离开是正确的选择，当船缓慢地驶离海湾时，我还在反复思考这个逻辑：渔民说北风不好，但他们也谈到了海面上还不全都是浮冰；天气好的时候我们需要抓住时机，而此刻实时的预报也表明天气不错。

我对着录音机开始录音：

我只想赶快度过这段航程的前24小时。它必定是艰难的，快艇载满了燃料，船身很重，导致船速很慢，在大海之中显得非常脆弱。在遇上大问题之前，我们需要一天一夜的慈悲庇护；等状况出现时，我们才能竭尽全力，随机应变。当然，这里面有难以预测的风险。我心里有数，我只是希望并祈祷我们可以做出正确的判断。

录完这些，我关掉了录音机，从我的杂物袋里掏出一张用塑料包好的纸。我在上面抄写了一段《圣经》的经文。

尼基·冈贝尔是我在伦敦一个玩壁球的朋友，他是牧师。他常去的健身房里的人都叫他“教皇”，这个绰号总让我们大笑不止。我在希思罗机场检查行李的时候，尼基打电话给我，念了一段经文给我听，他说那天早晨他和太太有种强烈的预感，这段经文很适合我的这次探险。听完那段经文我的精神为之一振。现在，在离开拉布拉多港时也是如此，我又读了一遍经文，精神也随之提振了不少。

经文使我振奋了起来。我又读了一遍，深吸了一口气，然后把它放回我的包里。我记得一位著名的环球航海家说过：“在北冰洋，没有人是无神论者。”我一直很喜欢这句话。它有灵魂。

我们如期通过巴特尔港，往东北方向进入拉布拉多海，我读了很多关于这片水域的资料。随着我们前进，能感到吹在脸上的风越来越凉。而下一次我们能看到的陆地将是格陵兰岛。

我提前查阅了关于这次探险的大量文章，这些文章包括科学期刊，上面是这样描述这片特殊水域的：

拉布拉多洋流起源于格陵兰岛西面。来自哈德逊海峡的洋流与巴芬岛的洋流汇合，就形成了拉布拉多洋流。它以大约 1.9 千米 / 小时到 3.7 千米 / 小时的速度流动，海水刺骨，混有浮冰，间或有冰山。

这其中就有那座在 1912 年让“泰坦尼克”号沉没的巨大浅滩冰山。每年有 10000 座以上的冰山被释放出来，仅仅来自格陵兰岛雅各布港的冰川就有 1300 座之多。这些冰山从巴芬岛南下的时候会慢慢解体，分解成 2500 座冰山，这么多巨大冰块浩浩荡荡游行一般经过拉布拉多海岸，形成一幅壮丽的画卷。它们中的一半以上会经过贝尔岛海峡，给海运带来极大的威胁，特别是当拉布拉多海被浓雾笼罩的时候。

当然有人曾经提醒我们注意冰山，但我们离开海岸仅 800 米，我就发现了奇怪的事情。

“等一下。”

“什么事？”

“这不是单一的北风，更像是东北风。这样我们就会正面遇到海浪。你们瞧，那海浪已经升起来了。”

说通俗一点就是，这些浪不是从我们侧面翻滚而来，而是从我们正面扑过来。因为要远距离航行，我们的船装了满满的燃料，现在又要迎头面对风浪，但这是个险峻的事实。

我下意识觉得我们应该掉头回去，回到圣玛丽，重新制订计划，因为现在这个情况超出了我们的预期，全部是基于我们计算的预期。不同方向的风浪意味着截然不同的挑战。

我看着那些海浪。浪还不大，只是在轻柔地波动着，看起来没有那么糟，风还很和缓。我们预计它会在接下来的 24 小时甚至更短时间里显著增强，但还不至于到不可控制的地步。

我们开了一个小会来讨论这个情况，交换了意见。我们一致认为，虽然天气不理想，但我们不需要撤退。毕竟我们已经出发，所有人都很渴望能够快点结束这段航程。

第一眼看到大鲸鱼的时候，它在靠港口的地方喷水，壮观的场景让我们的情绪都高涨起来。不到一小时，我们又航过另外一座巨大壮观的冰山。如果我们是游轮上的观光客，一定会坐下来，一边品尝加了奎宁水的杜松子酒，一边欣赏北极圈的奇观。然而，此时我们坐在小艇上，焦虑地研究着风和浪的情况，试着分析出接下来的海面情况。

我们不愿看到此时的情况。时间一点一滴流逝，显然情况在恶化。

浪在逐渐增大，气温下降得很快。到了下午，我们已经全副武装起来：身穿防水服、可包覆头耳颈部俗称强盗帽的巴拉克拉瓦盔式帽、手套和头盔。所有人都在尽力保持体温，我们已经放弃保持干燥了。

船在迎面撞击着浪行驶。每一道波浪都陡峭而尖锐。它们在撞击我们时，能把我们托起约 3 米高，又重重地把我们摔下来，如是再三。每次被托起来的时候，我们都会做好准备，紧绷每一块肌肉。每次我们被重重摔下来的时候，骨头都快要被震散了，脸部也在不由自主地抽搐。

傍晚时分，阳光渐渐消失，海面温度还在持续下降。我不受控制地打着哆嗦。这可不太妙。毕竟还没有到晚上呢。我环顾四周看看其他人。有几个躺在那个小空间里，双目紧闭。查理还保持着清醒，但也抖个不停。趁着天还没黑我们得做点什么，不然我们一定会被冻死。

“把船停下来，安迪，”我拍着他的肩膀说道，“大家都太冷了，我也一样。我们需要穿上最后一层保暖绒衣。”

船懒洋洋地靠在浪上。我们已经看不到陆地了，大海是一片深邃险恶的灰色。

那两个全副武装的家伙，穿上了所有能穿的东西，看起来还好，不像我们三个这么冷。我本来打算等天完全黑下来、再冷一些的时候再穿上最后一层绒衣，但这个时间比想象中来得快得多。我的手已经在抖了。

“米克，你能帮我拉一下这件防寒衣的拉锁吗？”我很着急地问他，“它卡住了。”

天空开始下起了雨。

他拉开拉锁，帮我把绒衣套过头然后快速套好袖子。

“多谢你，伙计。”在他帮我重新拉好拉锁的时候我低声说。然后我们又检查了查理的情况，他看起来也暖和了些。

海上的寒冷相当危险，这和高山上的寒冷还有所不同。这是一种持续的湿冷，可以渗透一切。可能珠穆朗玛峰的实际温度比现在更低，但是并没有这么无孔不入。那里的温度可能会降到零下40摄氏度以下，但还是干燥的，没有什么东西有机会融化。这里不同：现在这里才零下几摄氏度，但因为夹着湿气，再加上约37千米/小时的船速造成的寒风寒冷刺骨，我们全身都笼罩在冷风和湿气中。

现在我们着了魔一样穿上所有东西。如果现在还觉得冷，那就无计可施了。

我们很快就再次起航，继续坚持我们的轮班制，但是似乎所有的事情再也没有以前那么简单了。掌舵变得更加困难，由于海浪迎面涌来，要想保持直线行驶势必会冲进浪里，由于航线有些偏离角度，所以只能摇摆式地迂回向前行进，当浪花在我们前面破碎的时候，我们才能趁机把船拉回海面。

导航也陷入了窘境，设备一直被水花覆盖，很难将船保持在航道上。当轮到你去那个小空间休息的时候，你唯一能做的就是蜷缩在防水油布下，尽可能地保持温暖。

我听到耳边传来含糊不清的嘟囔声。奈杰尔向我转过来，从他的头盔里发出声音。

“我在普尔的那艘旧快艇，你还记得吗？我们还驾着它一起出过海，每次有游艇经过，它就好像要沉了，随便一个浪打来，都能把它弄沉。设想一下那个船在这片大海上会怎么样。”

奈杰尔不禁咯咯地笑了起来，接着一个海浪袭来，他被迫抱着头回到自己的位子上抵挡海浪的攻击。这就是奈杰尔，他总是能在困境中让我们也保持微笑，尽管情况真的非常糟糕。

当夜幕降临，我们都感到异常疲倦。我们都希望这无情的顶头浪能停一会儿，让我们休息一下。但是在黑夜里，它越来越凶猛。时间一小时一小时地过去了，随着排班表轮转，我们都全神贯注地盯着眼前的浪，不断向大海深处挺进。

海浪向我们的船砸过来，然后这股侵袭的力量又在我们下面消失殆尽，如此往复让人筋疲力尽。但是最让我们疲惫不堪的是持续不断的潮湿，那种感觉像一直在被反复按进水里。每一次大浪在船身上破碎，我们都会被无数冰水淹没，所有的东西都被浸透了。但没过几秒钟我们就要再经历这样的浪，不论我们在船上哪个地方，喷溅的水花都会漫过我们。对此我们只能闭上眼睛，任由苦咸的海水流下来，进到我们的眼罩里，淌过我们的脸颊，流进到嘴里，卡在我们密封的领口处。

所有的包和油布都浸湿了。我打开杂物袋的防水拉链去拿另一片晕船药，海水涌进袋子里，药片一下子泡湿了，然后碎掉了。才没几天，拉锁就因为生锈而变成棕色。

四周都是滴滴答答的水声，感觉就像坐着敞篷车穿过洗车行的自动洗车机，刺骨的冰水呼啦一下从天而降。

冰水顺着胳膊渗到手套里。这些是封口的潜水手套，但是，在这样的条件下连续24小时，它们也被浸湿，像其他东西一样冰冷。

由于晚上也得继续坚持前行，一些人已经开始感到不舒服了，比如安迪，他一直强忍着难受。通常用的那种盯住水平线避免头晕的方法在这里已经不适用了，因为这里根本就没有地平线，只有一片漆黑。在圣玛丽的时候，好心的奥尔顿·朗博尔特太太给了我们一些螃蟹三明治，但是浸着汽油和海水的它们发出令人作呕的臭味，我只好把它们扔进了大海。抱歉了，市长夫人。

次日清早，在海上苦战了24小时后，所有人都筋疲力尽。我们离开圣玛丽的时候就知道，横渡拉布拉多海只有很短的时间里是好天气。我仍然相信我们当时的决定是正确的，但是预测的风向错了，所以时间比原来预计的更紧张。

我环视了一下，米克和安迪、查理和奈杰尔，每个人都聚精会神。我们的共同目标是：平安到达格陵兰岛。但是格陵兰岛还在约644千米以外，从海图仪上看，拉布拉多海才走过一小点。不论是海图仪还是从时间上看，都让我们感到沮丧。我们行经的海域危机四伏，我们的进程却十分缓慢。

有时候，当你卸下掌舵任务，看到导航仪表上“预计抵达时间”是“2天8小时21分钟”。4小时之后，又轮到你掌舵时，你会希望这个时间大大缩短。但通常这个时间不减反增。如果因为某些情况我们的船速稍稍降低，“预计抵达时间”的显示数值就会戏剧性地猛增——现在显示的是“3 天 11 小时 10 分钟”。这太让人泄气了。我们应该把这个导航仪表盖起来。

黑暗的海上下着倾盆大雨，我们全都缩成一团打着哆嗦。我常常想家，想起与我们同在的隐形船员，对我来说那是我的父亲，我不是在寻求什么建议或者指导，而是单纯地想获得慰藉，就像那双熟悉温暖的手又紧紧地抓住了我。

我的父亲迈克尔·格里尔斯，出生于 1934 年 2 月 21 日，逝于 2001 年 2 月 7 日，距离他 67 岁生日仅差几个星期。他是真正的绅士，顾家的好男人，有理想、善良的好人。

对我来说，他只是我的父亲，但这已足够。在荒芜、灰暗、冷风瑟瑟的北大西洋上，方圆 483 千米以内什么也没有，我从船上局促的休息室里向外望，凝视着苍茫的大海，心中充满了对他的思念。

记得那些看似微不足道的小事。比如，在寒风中散步时鼻尖上的露珠；没刮胡子时脸上的胡茬；他温暖的亲吻；当我取得成就的时候，不论大小，他眼中都会迸出的自豪神情 …… 还有他的笑，一切的一切。

父亲非常喜爱一首诗，那是一个士兵在英国内战一场战斗前写的：“哦，主啊，你知道今天我是多么忙碌，即使我忘记了你，也请你不要忘记我。”我能想象到那首诗就塞在他的镜子里，现在还在那里。

父亲最喜欢的诗《我宣誓效忠祖国》第二段就完美诠释了他，尽管他并没有意识到。

> 我很久之前就听说过，还有另外一个国家，
>
> 最亲爱的人们都热爱她，最伟大的人们都知道她；
>
> 我们数不清她有多少精兵，我们也看不到她的王；
>
> 她的堡垒是由忠诚的心建造，为她受苦是至高的荣耀；

在宁静之中，一个又一个忠灵为她团结一心奋不顾身；

她的道路谦和高贵，引领人们至最终和平。

我十分想念他。特别是在这艰难的时刻，我多么希望他可以在这里陪着我。

那是一个早晨，在泰晤士河上的驳船上，我们刚刚起床。突然传来一阵敲门声，敲门的人是个警察。这有点奇怪。他告诉我我父亲过世的消息，当时莎拉就坐在我身边。由于我母亲住得比较远，赶来需要好几个小时，所以请警察过来通知我。那个警察在告知我的时候十分温和，我还谢谢他特意过来一趟，其实当时我已经完全麻木了。

随后我和莎拉前往殡仪馆，我手里拿着父亲最喜欢的拳击短裤，想让他穿着它下葬。我把它拿在手里的时候，觉得有些荒谬，我甚至连葬礼会客厅都无法走进去，我尝试了三次都没有成功，每次都在外面的走廊里与莎拉一起崩溃。

当天凌晨2点，我回到我父母的家里，独自坐在他的棺木旁，把他那顶旧的皇家海军贝雷帽放在棺木上，内心充满了恐惧，害怕在没有他的世界中生活。

最终，我们抬着他的棺木到教堂的走廊，站在两侧的还有我最好的五个朋友——埃德·梅格、米克·克罗斯维特、车瓦克·古德温-哈德森、查理·麦克斯、雨果·麦肯齐·史密斯，我们手臂交错、抬着棺木，但其实完全是他们在用力。我现在是多么需要他们的支持。我唯一能听到的就是鞋子敲击走廊地板，发出空洞奇怪的咔嗒声。我感到父亲在我手中是如此沉重。

在莎拉父亲的葬礼前，他曾经帮我写了一段悼词。没想到，仅仅几个月，我就在他的葬礼上，再一次读它。那些文字那么温柔，如今看起来倒像是个预言：

我已经离开了。

记住我陪你度过的时光。

珍惜我们在一起的时刻，

那些充满欢乐的时光；

当你回忆时，要知道我与你同在。

重要的不是活了多少年，

重要的是我们是如何度过的。

当你继续你的人生时，别忘了，我就在你身旁。

我们共同打造的信念，请把它延续。

坚持正确的。

舍弃错误的。

当你开心的时候，我与你同在。

当你痛苦的时候，我与你同在。

真爱超越肉体的存在，

所谓死亡也不过是肉与灵的分别。

现在我已离开人世，我心了然。

我虽与主携手，但也与你同在。

这些文字浅显易懂："你痛苦的时候，我与你同在。"但是这是真的吗？即使是在这茫茫大海上？在我害怕的时候？

"我虽与主携手，但也与你同在。"但是你现在会握住我的手吗？我能相信你的"主"吗？在需要的时候你可以给我信仰吗？

跨越拉布拉多海的中途，安迪有同样的困惑。他的父亲也不在人世了，不同的是他父亲是在他更小的时候去世的，对他而言会更难接受。

我可以理解。几天之后，他向他的父亲寻求帮助。他已经有很多年没有这样做了。

“也许那个海鸥就是我的父亲。”看着一只跟着我们的鸟，安迪开玩笑说。

对这样的想法他自己也笑了，但我希望他说的是真的。

我们中没有一个人有明确的宗教信仰。我们从来没有认真讨论过这个问题。如果信仰是真，那它是一件很私密的事。对我来说，在拉布拉多海的这段孤独和恐怖的时光，我的基督教信仰就是我真正拥有的一切。不是某种盲目、征服一切的信仰，而是一种私密的，有时候甚至有些摇摆的信仰。说实话，我对所有的事物其实都不是很确定，特别是那些非常“宗教化”的事物。

信仰常常充满了风险，就像爱一样。我花了很长时间才承认这一点，但我再也不会害怕承认我需要它。我需要它带来的慰藉。我常常感到迷茫，但我的信仰告诉我，我绝不会失去它的眷顾。这对我来说就是全世界，信仰是我永远愿意尝试的冒险。最终，这将成为我的全部。

克莱夫·斯特普尔斯·刘易斯曾写过一段关于耶稣的话：“安全？谁说过什么关于安全的事吗？他并不安全。但是他能逢凶化吉。”

父亲同意这个观点。

对我来说，信仰并不是关于我们，而是关于他，不管我们是好是坏，他都会无条件地爱我们。

为什么这种爱对我而言如此重要？也许因为我对它并没有期待。也许我不值得他恩顾。尽管如此，它还是出手相助。它就像是那大海、那波浪、那潮汐。

信仰让人产生希望。支持我们勇往直前。让我们有家的归属，没有它，我会流离失所。

父亲说他“与我同在”。每晚我都希望这是真的。不论我是跪在杰西的床边，还是置身茫茫大海或者什么高峰上，我都会为此祈祷。祈祷父亲和耶稣与我同在。

此时此地，就在这片大海中，在风里，在浪里，我知道，在某个地方，那隐形的船员一直在我们身边。

08

千钧一发

只有面对真正的恐惧，才会产生真正的勇气。

——大卫·利文斯通博士

安迪笔直地坐在小空间里。

这让我感到奇怪。

困在这个让骨头打战、冷酷无情的暴风雨里已超过30小时，风依旧几近疯狂地刮着，约6米高的巨浪劈头打来，每一浪都把我们向暴风雨中心推得更近更深。除了加油挺住、保持一切正常外，我们没有其他选择。我们努力让自己不要被打翻沉没，继续痛苦而缓慢地穿越拉布拉多海。

但是安迪笔直地坐在这个小空间里并不属于“正常”。

在如此严峻情况下，我们调整了轮班制度，让两个人在控制台上一个掌舵、另一个导航，其他三个人可以一起挤在那个小空间里休息。我们胸挨着背紧贴着彼此，尽可能在防水帆布下找到一点休息和遮蔽的空间，虽然有点尴尬，但可以试着休息一下，并且三个人一起挤在这个小空间里可以更暖和。

安迪笔直坐着，盯着大海。海水不断砸在他的头上，他都一动不动。

事情不太对劲。我能感觉到。

一分钟之后，我再度将目光移向他。

安迪现在已经站起来了，正在检查燃料测量器，按了按仪表罗盘，读数，抬头看，再重新检查一遍。隔着头盔我并不能看到他的表情，但是他放慢的速度，若有所思的肢体语言透露出他的焦虑和担忧。

我知道安迪心情愉悦时是什么样子的，他会戴上他的秘鲁羊毛帽，会用他那把绿色的塑料叉子吃东西，会惬意地躺在他的睡袋里，一副与世无争的样子。这和现在的安迪完全判若两人。

看着身后的巨浪，我惊讶于它们的速度，有些不知所措，它们前行的力量如此威力惊人，势不可当，就像脱缰的野马。

在这样的风浪下，即使是最基本的交流和移动也变得十分困难。我想绕到安迪那边去问问他，是不是出了什么问题。但要做到并不容易。我只能隔着头盔观察他。

安迪后来回忆：

我的任务就是保证燃料和引擎系统正常、有效率地工作，但那并不容易，因为天气对燃料消耗的速度有很大影响。

在规划探险中的每一段航程时，我把这个不确定因素算进来，会多加20%燃料。但是这段航程实在是太长了，相比之下我们的船又太小，没有足够多的空间可以存放更多的燃料。

当我们在拉布拉多海经历暴风雨的时候，格陵兰岛还在大约483千米之外，我开始感到担忧。我们的引擎转速是2600转，由于逆风行驶，前进的速度却只有大约22.2千米/小时。这样的速度太缓慢且很消耗燃油，让我们的处境十分危险，而且我们存储的燃料并不多了。我算了一下，以这种效率行进下去，在距离格陵兰岛大约161千米到241千米的时候我们就没油了。我想不到我们还能怎样缩减油耗，并保持进度。

我一遍又一遍地检查油量，心里很担忧。虽然我们还不至于危在旦夕，如果我们发出求救信号，丹麦的破冰船一天之内就能赶到这里救援我们，但是我们因燃料用尽而放弃探险，那就太让人沮丧了。这是我负责的部分，如果发生这样的事，我会觉得是自己让所有人都失望了。

我们做了太多的准备工作：贝尔准备了两年，其他人也努力了很久。如果真是因燃油耗尽而被迫放弃这次探险，将是多么令人气馁啊。

我又等了一分钟，安迪终于招呼我过去。我们站在一起，在颠簸的船上勉强支撑着身体。朝对方大声喊，好盖过暴风雨的声音让对方听到。

“贝尔，我们的燃油不多了。”安迪大喊道。

“有多严重？”

“非常糟糕。我们已经要坚持不住了。”

“嗯，要想降低耗油量我们现在还能做些什么？”

“我们需要减速。这是现在唯一能降低耗油量的方法。”

“减到什么程度？”

“大约14.8千米/小时的速度。”

“大约14.8千米/小时？”

“对，我知道这听起来很疯狂，但我们现在只能这么做了。”

很快我就想到了降到大约14.8千米/小时的速度会有什么样的后果。那意味着从现在开始，我们需要再行驶36小时才能到达格陵兰岛，而不是我们预期的20小时。快艇以这种速度航行，会变得更加危险，只能任大海宰割，再也无法冲破顶头巨浪。现在，所有人都已浑身湿透且冻僵，我知道这将把我们的痛苦和煎熬提高到一个新的层级，我不确定我们可以应付得了接下来的36小时。

但是我们别无选择。

“如果我们这么做，我们能到达格陵兰岛吗？”

“碰运气……如果海浪能稍微平息一点儿，我们还是有机会的……刚刚好能到吧。”他回答说。

“好，那就这么做吧。”

我转身看着眼前不安的灰色海洋，试图保持冷静。我们正面临巨大的考验，虽然果断采取了紧急的应对措施，但我还是非常担忧。

有可能因为燃料耗尽而放弃探险的念头一直萦绕在我的脑海里不能散去。这可不是什么光彩的失败，它完全、残忍地浪费了两年的准备，让我们白忙一场。我们失败了，就这么简单。

关键是：我们需要天气能有所改变，风浪稍微平息一点儿，才有可能到达格陵兰岛。然而，如果风浪一直这样猛烈，我们除了呼叫救援，其他什么都做不了。

我们需要帮助。

这不是第一次，我开始祈祷，发自内心的。

如果有人坐着巨型波音 747 客机从我们头上掠过，那么就算他从窗户探出头来也不可能看到我们。在这片无情的大海上我们显得太渺小、太不重要了。我们就像隐形了一般，小得快要消失在万马奔腾的海洋里。

“拜托，上帝。”我闭上眼睛祈祷着，“我知道这次要求的事情有点太大了，但求你让这海面平静下来吧。”

我在等待，眼睛紧紧地闭着，在睁开眼睛之前，还忐忑地尽可能多等了一段时间，然后我缓缓睁开眼睛想要看到点奇迹，但什么都没有。

我猜想这么多世纪以来，上帝会听到多少次来自同样挣扎在海上的人的祈祷。无数次，我知道。但是我还是继续祈祷。

大量的海水仍然不停地灌向我们的船。我们都湿透了，快艇也在大浪中奋力向前，异常辛苦。当快艇被高高抛起悬在半空中，然后从陡峭的浪尖上跌下来时，引擎会先达到峰值，而后就像熄火了。这个时候，我们全都浑身绷紧，一动不动，直到再度回到海面上。通常是我们这一侧的船身撞击到海面，然后，同一时间，引擎就能恢复运转。它的电脑系统会小心地监控冲击力和转速。我不清楚它到底为什么还能够继续工作，但它的确在正常运转，我们慢慢地向格陵兰岛前进。

我们中的多数人已经 24 小时没有吃东西了，一部分原因是我们都觉得不太舒服，但更主要的是根本没法吃，船还在波涛汹涌的大海里来回翻腾着。安迪说那感觉就像是在游乐场的过山车上吃东西一样。光是想想那些被冰冷的咸海水泡过的兰开夏罐焖羊肉和烤过的豆子，我都觉得恶心。我们也接受现实了，在这样的暴风雨里，除了吃点奇怪的能量棒，其他吃什么都是不可能的。

喝水也十分困难，但是很重要。不论我们感觉有多糟，都必须喝水。查理又倒在船边呕吐，然后他挪到那个装水的大桶旁边，灌满自己的水壶去喝水。喝水，这可真是一个艰巨的任务。

我挤到船上的那个小空间里，紧贴着米克，太紧了，以至于我都可以感觉到米克衣服背上的拉锁顶着我。我把装在防水袋里录音机靠近自己的嘴……

我们就像航行了一辈子。我看了看海图仪，距离格陵兰岛还差好几百千米。我不太确定大家还能这样继续撑下去。所有的东西都是湿的。这两天两夜我的巴拉克拉瓦盔式帽一直处于湿透的状态，我的头都快冻僵了。

我们的防水服还挺神奇的，我不知道它们到底是怎么把如此大量的水挡在外面的。但不可避免的是，水还是会进来，沿着腿流下来。也许是上厕所拉开拉链的时候，或者是舒展筋骨的时候，不小心让手腕和脖子露了些缝隙。这里的海水太冷太刺骨了。

刚才奈杰尔的救生衣鼓起来了。这些救生衣是广告里大肆宣传的高性能产品，只有掉进水里才会充气。奈杰尔刚刚就在我们那个小空间里，但他的救生衣鼓起来了，由此可见，那里现在湿得像一小片海。

这片海域是残酷的。我们现在进入了更深的海洋，这就意味着浪应该更长，感觉更舒服些。但我们现在还没有看到变化的迹象。四周还是一片昏暗。我浑身湿透而且有些沮丧，尝着每一滴苦咸的海水。我希望赶紧到达格陵兰岛。

我们已经在拉布拉多海上航行两天两夜了，北大西洋还在干着它最擅长的事情，露出残酷的一面，为我们制造更多麻烦。安迪明白局势的严峻性。

“我不是一个虔诚的教徒，”他后来回忆道，“但那一晚我躺在那个小空间里祷告。我祈祷对于这个天气，过世的父亲可以帮我们做点什么。也许我不是十分信奉上帝，但是我很相信我的父亲。我知道我们需要得到帮助，不管来自上帝还是我的父亲。”

接近黄昏的时候，我们又检查了所有的计量器，并算了一遍数据。现在，我们每小时只消耗 70 升燃料，与早先每小时 90 升的消耗量相比，我们的速度只慢了大约 1.9 千米 / 小时。这令人鼓舞，但是要到达格陵兰岛还是十分紧张。

所有人都知道这个简单的事实：如果海面可以再平静点儿，我们就很有到达的可能。但在我们的内心深处也都知道，如果天气情况没有改善，我们很可能到不了了。现在，暴风雨已持续了 40 小时，仍然没有缓和的趋势，大家觉得寻求救援可能是最后的出路了。我们已经无能为力了。

海面依旧是狂风巨浪，我们完全没有喘息的机会。

我们的体力都快耗尽了。每 20 分钟左右，我们就会环顾四周，看看旁边的人怎么样。我开始怀疑，是不是包括我在内的所有人都处于低体温症早期阶段。我们的反应比平时迟缓，感觉很难集中精力。我们筋疲力尽、浑身冰冷，就连最简单的事情——检查测量器、打一个结或者上厕所——都变得十分困难。

我需要上厕所，但是我试着忍回去。因为如此简单的事情现在做起来就像噩梦。我尽量用意志力控制它。但是 10 分钟之后，我知道我必须去了。我从小空间里爬出来，试着让自己靠着控制台来保持平衡。

上厕所一般都在快艇的尾部完成，要系上安全带，你才可以用双手拉开防水衣的拉锁，然后去方便。但是在这种情况下，沿着船身走到船尾已变得很危险也不必要。我把自己卡在控制台和小空间中间，然后开始摸索我的拉链。

一个巨浪从后面打在我身上，我惊慌失措地抓住控制台的边缘。再度让自己站稳之后，我尝试着一只手保持平衡，一只手来做其他的事。但是这不太可能。绝望中，我意识到在这种情况下，只有一个方法可以上厕所：跪着。

我跪下来用胳膊肘支撑着，发现这样可以在大浪中保持很好的平衡。我拉开拉链，尿在船上。又来了一个浪，水灌进来直接把它冲干净了。我吐了吐嘴里苦咸的海水，爬回到奈杰尔的旁边。

在这种情况下，我们还有一件做不到的事情——想去大便根本不可能。你甚至会因这事送命。风平浪静时我们通常会试着不怎么优雅地挂在喷气装置平台上往平静的海里排便，但是这种情况还是算了吧。不知怎么，我们的意志力和肾上腺素让我们在这种情况下不怎么需要大便。我猜这也跟我们没怎么吃东西有很大关系。但回过头来看，坚持几天才大便一次还是挺奇怪的。

现在是安迪在掌舵，他有些昏昏欲睡，且已经偏离了航道。他才值班 25 分钟，就已经开始点着头打瞌睡了。他挣扎着想要保持清醒，却完全无法集中精力。海浪猛烈地拍击着艇身都不能引起他的注意，他累得快要挂掉了。

值得庆幸的是，他意识到了这一点。他转向查理，让他来接他的班。他的眼神已经散了，海图仪的图标在他眼前一片模糊。这个时候他需要查理来帮一把。

这一举动是很需要勇气的，但也是我在团队中一直强调的：诚实，人性，愿意承认自己的无助，并依靠彼此的力量。这会让我们更强大。同心协力远远胜过单打独斗。

我敢打赌查理迟早也会需要安迪的帮助，但现在是安迪需要帮助的时候。他们交换了舵位，船继续在海浪中勇往直前。

我们的身体机能都弱了下来。登珠穆朗玛峰时候我见过低体温症的队员，我知道我们无能为力，只能祈祷天气变得好一点儿。

但这并没有发生，每过几分钟，似乎离我害怕的那个时刻就又近一些——那个我们需要叫救援的时刻。这将由我来决定，而且这将会是一个很糟的决定。

“我们不应该拖得太晚，”米克在这时明智地告诉我，“我的意思是，如果一直是这个状况的话，我们没有必要非得等到燃料全部耗尽再叫救援。我们可不希望快艇没有动力、毫无意义地在这片残酷的大海上漂一天。我们应该通知他们做准备，让他们知道我们的方位。”

他是对的，合乎逻辑。

只是我还不想面对罢了。

“好吧。”我的表情也自然而然地缓和下来，“我打电话给克罗伊，告诉她这里发生了什么。”

米克点了点头。“需要告诉她，”他肯定道，“如果我们真的燃料用尽，这也可以让我们有后援。”

我同意这一点。

“现在把船速减慢吧，奈杰尔？”我问他。

不论什么时候我们想要用卫星电话，都需要把船速降到大约 1.9 千米 / 小时或 3.7 千米 / 小时。这样我们其中一人才能够手脚并用爬到舵轮下那个狭小的控制台里拨号。这个空间里还挤满了备用零件、食物和其他供给品，里面漆黑一片，还充斥着柴油的味道。在陆地上，这也许只是个糟糕的地方，但在海上这已经可以算是地狱了。以 1.9 千米 / 小时的速度空转着，这艘船看起来就是在海上笨拙地晃荡着。大部分人已经开始感觉恶心了，这个电话需要尽快打完。

我四肢并用地爬进去，还在金属舱口上磕了一下头，嘴里咒骂了两句。奈杰尔收起脚给我让路，以便我可以爬过去。我摘掉潜水手套。把那个塑料袋子打开并掏出卫星电话的时候，我的手还在发抖，我摸索着接上充电器和天线，计时就开始了。我都能听见自己的心脏因紧张而急促地跳动着。我也听到那边查理又开始呕吐的声音了，他比我们任何人都痛恨减速甚至停船。

我小心地拨打了克罗伊在伦敦的号码，为保证电话的干燥，我特意让它离我湿漉漉的头有十几厘米远。这个电话可是我们的生命线，不论付出什么代价都要让它远离水。我等着电话接通。

一片死寂，没有拨号音。

我躺在舱口，头在里面，身子还露了一截在外面，控制台的顶距我的头十几厘米的地方有个金属栏杆，我竭尽可能不让自己的头撞上它。又拨了一次号，但电话依然毫无动静。

“你倒是工作啊。”我咒骂着电话。

尝试到第四次的时候，我终于听到了来自遥远的伦敦的声音，那是一个完全不同的世界，温暖、舒适、安全、干燥，是一个与这里相距甚远的地方。

“喂，克罗伊？”

“嗨，贝尔，你们怎么样？”她轻松愉快地回答。

“拿支笔，拿张纸，”我告诉她，“我们遇到麻烦了。”

当时是伦敦时间晚上 8 点左右，克罗伊好像在餐馆还是什么地方，我能听到她身后的喧闹声。几秒之后她的声音再次响起，“说吧。”她说。

“米克，我需要咱们的经纬度。”我朝他喊道。他可以从海图仪上读取出来。

“4—2—7。”米克用他最大最清楚的声音向我喊道，这让我很高兴。我确信他的精力是集中的，他也不想在这个时候出任何错误。我提高嗓门盖过呼啸的风浪，通过电话传递着这些数字。克罗伊正确地重复了一遍。然后我告诉她，我们的燃料现在非常少了。

“我们只剩下大约1200升燃料，”我朝着电话那头大喊。“估计我们还能撑18小时，再向前行进225千米。但是，我们距离格陵兰岛还有314千米，这里的天气状况非常糟糕。”

“好的，我知道了。”克罗伊说道。她的语调变了，因为她知道事情的严重性。

“还有一件事。”我又补充道，“请给宾法特上校打电话，告诉他我们的情况。我们现在还好，在燃油仅够支撑大约2小时的时候我会再给你打电话。”

我把卫星电话放回去，勉强将身体从舱口挪出来，试着把手套套上。安迪重新启动了引擎，我们又开始前进了。一路挣扎着，我们的艇以大约14.8千米/小时这个可怜的速度在浪中爬行着。

克罗伊意识到威利·宾法特上校此刻正在苏格兰，安排我们返程回到约翰·奥格罗茨的各种事宜。费了一番工夫，克罗伊终于在爱丁堡找到了他。

威利后来回忆道：

我是8月2日去的苏格兰，感觉有点不太清楚这次的探险情况了，尽管我每天都在网上跟进船员的进程。我应官方邀请参加爱丁堡皇家军乐节。那是一个非常正式的晚宴，男士要正装出席，我们坐专车并由警车开道去爱丁堡城堡，得以在开场之际准时入座皇家包厢。

晚宴的时候，中士过来告诉我，克罗伊·博伊斯打电话找我。

我请中士询问她能不能等晚宴结束之后我再打给她。我以为她是要与我讨论探险回程的计划。中士后来回复我，晚宴之后没有问题，但是克罗伊的声音有点紧张。

我想悄悄地离开餐桌，但是这场晚宴的主人尼克·派克将军，还有他的宾客陆军总司令迈克·杰克逊将军和英国自由民主党主席孟席斯·坎贝尔，可不是那种察觉不到眼皮子底下发生什么事的人。我脑中一闪而过探险家弗朗西斯·德克先生和他最有名的保龄球比赛的传说。最后我还是小心翼翼地溜了出去，差不多在15分钟之后打给了克罗伊。

她丢给了我这个令人震惊的消息。

“他们现在距离格陵兰岛还有322千米，风浪很大。”她平静地告诉我，“但是贝尔说他们的燃料已经明显吃紧。我不知道该怎么办。”

接下来的一小时我有些手忙脚乱，既要表现得轻松自若，欣赏军乐节的表演，又要制订紧急救援预案。我先到苏格兰总指挥的办公室，与伦敦救援队分析讨论对策；接着又到车后座上与美国防空司令部通电话，周围闪着耀眼的蓝光；最后又回到爱丁堡皇家包厢看节目，被美妙的乐曲环绕。这感觉太不真实了，这个时刻在爱丁堡举行着如此盛大的庆典仪式，而另一边一些人在令人恐惧的大海里孤独地挣扎。

我必须说，在我轻松自若地继续欣赏爱丁堡军乐节演出的同时，心里一定时刻挂念着别的地方。在那个场合下，我整颗心都记挂着那些小伙子，不断想着他们正在经历的磨难。

我们的任务就是准备好一切。不论命运安排什么样的结果，我们都要做好万全的准备。

除了通知救援小组，我们什么也做不了，让他们知道贝尔他们的最新情况，并确保贝尔在燃料耗尽前至少一小时通知我们，以便他们在船还可以操控的时候被营救。如果天气情况还是很恶劣，这一点就至关重要。我们决定暂时不让这些船员的家人知道这件事，同时联系诺斯伍德的指挥舰队总控，他负责帮我们联系海军气象中心以便获得重要资讯。

这些全都做完之后，我又回到派对上，尽管我的心思已飞到北大西洋上。

与此同时，局势丝毫未缓和。我们仍然在和残酷的大海抗争。电闪雷鸣，巨浪有房子那么高，把我们抛起又重重地摔下来，然后将我们浸入冰冷刺骨的海水中。或许是因为寒冷和疲乏，我已经开始把这些巨浪拟人化。对我来说，它们扑过去之后，还会转过头来奇怪地看着我们，那眼神就像在问："在这巨浪滔天的大海里，你们驾着这样一艘小船，玩命呢？"

等不到我的答案，那些浪只好离开了。

大家的内心都充满了恐惧，我也知道此时我们暴露于这样一个险恶的环境中，毫无还手之力，只能听天由命任由大海宰割。

我又开始祈祷了。

"求求你，上帝，让大海平息下来吧。"我悄声说。躺在那个小空间里，抱着前面的米克，不仅仅是为了取暖，也是因为我内心十分害怕。"以前你帮助了我很多次，我现在真的很需要你。我需要你听到我的祈祷。我需要你来帮助我们。"

在过去的两天里，大家最多只是打了一个很短的盹儿。几小时之后又轮到我来掌舵，负责这个特殊的夜晚，从晚上 11 点到午夜时分。查理和我肩并肩坐在控制台旁，尽力控制住快艇并保持航向，在正确的航线上航行。

我掌舵的时候，注意到前甲板上一小片彩色的塑料在锚周围飘动。

我记得那是在加拿大哈利法克斯码头时，一群表达良好祝愿的人围着我们，在我们的船身上放鲜花或者其他东西，但是有个女士放了一个与众不同的奇特的小纪念品——代表幸运的平安符。

我刚看到时并不太喜欢她的这个平安符，但如果不接受，就太不礼貌了，所以就让她放在上面了。后来我完全忘记了这回事，直到现在——我们在海上遇到麻烦的时候——才又想起来。我开始怀疑这就是上帝不回应我的祈祷的原因，也许正是这个平安符不让仁慈善良的上帝靠近。现在听起来这个想法疯狂又迷信，但是在那片漆黑的海上，我试图抓住所有可能性，前所未有地疯狂祈祷，因为我已陷入了绝望的深渊。

时间一分钟一分钟地过去了，我觉得自己被一种魔力困住，内心有一股强烈的冲动非要去扯掉这个平安符不可。我想，扯掉这个平安符情况也许就会彻底改变，大海也许就能平静下来。“别迷信，集中精力掌舵吧，贝尔。”我告诉自己。

但是我越想甩开这个想法，就越相信这是解决之道。一分钟之后，我的脑子里就全都是撕掉平安符这件事。我的视线根本无法从这个可恶的小东西上移开，它随着船身飘荡摆动，催眠一般吸引着我的注意力。

问题是，它缠绕在船身最前面的锚臂上，我也知道要到那个地方去实在是太危险了，特别是船正在暴风雨中摇摆的时候。在光滑的船身上一个趔趄，或者船身一个剧烈颠簸，我就可能被甩到海里。我身上的救生索会拉住我，但是在大约 18.5 千米 / 小时的船速里，在漆黑的晚上，在这些大浪之中，我应该会被拖到淹死为止。

“算了吧，”我告诉我自己，“或许上帝不喜欢那个平安符，但他也不希望我淹死。”

我确实成功地忘记了它。

差不多有 30 秒的时间吧。

该死，我必须扯掉这个东西。查理根本没有注意到这个平安符，我也不打算告诉他我在想些什么。他肯定会说就让它在那里吧，并且说我的想法太荒谬了，虽然他可能是对的。然后我编了个谎话，说那个海锚看起来有点松脱，我得去查看一下。

“别麻烦了，贝尔。”查理说，“那锚没什么问题。”

“不，”我坚持道，“我要去看一下。你来掌舵。”

我从座位上滑下来，笨手笨脚地系好安全带，绕过控制台，沿着船身一步一步缓慢地向船的前部移动。

到了前甲板，我抓住把手，在一个巨浪抛起小艇之时稳住自己的身体。海水冲刷着船身，我的脚下全都是海水。我伸手去抓那个平安符，但它就是不肯下来，因为它已经缠在锚索上面了。我又尝试着猛地一拽，但它还是没有断。我开始感到恼火。于是，两天来没有睡觉的我用仅剩的一点力气，再一次抓住它然后猛地向下拉。

它终于下来了，我把它狠狠丢进海里。

再回到查理身边的时候，我长舒了一口气。我接过舵继续等待……等待大海奇迹般地平静下来。但是它看起来丝毫没有要平息下来的意思。在我和查理掌舵期间风浪依然很大，而我已经筋疲力尽了。

这片浩瀚的大海根本不在乎我们，不在乎我们是不是能抵达格陵兰岛，不在乎我们是否会翻船或淹死。大海如此辽阔，我们确实十分渺小。这也许是大海最好的品质——用这种方式来宣告我们即将死亡。在海上，无论多勇敢或多强大都无关紧要。事实上，即使你拼命地逆风而行，效果也微乎其微。与你的努力几乎没有什么关系，只有大海能决定谁是最后赢家。

我们所能做的只有忍耐、等待，就像想要撼动大树的蝼蚁般等待奇迹出现一样。

再一次，当挫败的阴影笼罩过来，我拿过录音机的袋子按下录音键……

我真的已经筋疲力尽了，其他人也都一样。他们都做得不错，试着熬过这个难关，但这实在太累人了。我只想到达格陵兰岛。我要好好睡上一觉，然后休息半年，心无旁骛地睡上6个月。我再也不要参加这样的探险了，险境一个接着一个，让人没有喘息的机会，太累了。这和攀登珠穆朗玛峰可不一样：在那里我们至少能停下来休息片刻，总能爬到一个帐篷里，远离风雪养精蓄锐。但在这里，海浪无情地冲击和浸湿我们，从不间断，让人无处可逃。我是多么希望它能平静一下。

这是一场持久战，到了晚上更加恐怖，因为你根本看不到浪潮。你能看见的就是一波波巨浪掀起的一片片白茫茫的海水。

我们仍然保持大约14.8千米/小时的速度，比跑步快不了多少。我的队友都太了不起了，我真心为他们感到骄傲。我本以为没有经过军事化训练的奈杰尔和查理会很难应对这难关，但是他们的表现让人刮目相看。

我在前甲板上爬行的时候，掌舵的事落到查理的头上。我的命都交到了他的手里，他控制着全局。不久之前，他还在询问掌舵的各种问题，现在他已经得心应手了。我完全相信他的能力，这是难能可贵的。

奈杰尔的适应能力也相当惊人。他从头到脚都已经湿透了，处境本应该相当糟糕，但他转过身对我说他真想来一块丹麦酥皮饼和一杯卡布奇诺。说着他轻轻地笑了一下。奈杰尔最大的优点是他能适应所有的状况，而这些小品质都能产生很大的影响。

在这艘船上，很多问题都可能出现：如果引擎停止工作，我们的麻烦就大了；如果气象预报是错误的，我们将大难临头；如果导航做得不到位，我们就彻底在大海中迷航了。但是每个人都对自己的工作尽职尽责，大家都彼此信任。不光是说说而已，而是用行动将生命托付给彼此。

现在的情况真的很糟糕，在这种情况下有些事情变得很特别：五个男人在一艘小船里，彼此信任，相互帮扶，同舟共济。

我反复告诉大家，我们会遇到极其艰难的时刻，但也正是在这些时刻，我需要他们付出那么一点额外的努力。要笑，要在对方上厕所的时候照看他，或者在你疲惫时也能给值班的人翻出一个巧克力棒。这都是很重要的细节，而他们也记在心里并一遍又一遍地这样做了。

这四个绝顶聪明的英国佬展现出无比沉静、令人振奋的力量，同时我也知道他们有多冷多湿，因为我能感觉到他们在我身边颤抖。如果我们能到达格陵兰岛，我要请他们好好喝一杯，我保证。

录完这些想法，按下录音机上的停止键，这个简单的动作可着实让我花了些时间。本来不过是最简单的一件事，但是我的手指头早就冻僵了，我气急败坏地摸索了好几分钟。

午夜的时候，伦敦那边大概凌晨3点钟，我打算再次打电话给克罗伊，让她了解我们的最新进展，并确定他们对于我们的情况已通知了丹麦海军。

这次打了两次就接通了电话，我告诉她我们的现况。

“还有一件事。”我补充道。

“嗯？”她说。

“你能打电话给查理·麦克斯，请他为我们祈祷吗？他会理解的，虽然现在是凌晨3点。我真的需要他的帮助。”

查理是我婚礼的伴郎，也是我最好的朋友之一，他是伦敦的艺术家，也是杰西的教父，在这绝望的时刻，我需要知道他在为我们祷告，祈祷所有的事情都会好起来。

查理后来回忆道：

当时我在约克郡，在我姐姐那里。电话在枕头下面响起来的时候我正熟睡着。我醒来看着显示屏，是克罗伊打来的，就马上意识到贝尔不是身陷险境就是死了。凌晨3点打电话意味着那一定是非常糟糕的事。

她告诉我贝尔被困在暴风雨里了，希望我可以为他祈祷。更糟糕的是，那片海域里到处都是冰山，他觉得他们无法平安走出那个困境了。

老实讲，那个时候我并没有什么信心，但是我下了楼，安静地坐在椅子上，开始虔诚地念诵一段祷文，我只是祈求上帝可以让海平静下来。我的脑海中显现出一幅奇怪但十分清晰的画面，在一片漆黑的海面上，到处是浮冰，人们都在尖叫。我祈祷海面可以平静下来，然后便在那个椅子上睡着了。早晨当我醒来时，内心一片平静，我回到楼上的房间躺在床上，不知道刚才是怎么回事。

同时，我们三人回到那个小空间里，试着忽略那刺痛、苦咸的飞沫和把船抛上抛下永不休止的惊涛骇浪。我躺在里面，卡在奈杰尔和米克中间，四肢无力、疲惫不堪的我竟然睡着了。这简直是种神奇的解脱，让我逃离燃料即将耗尽、探险即将失败这一残酷的现实。

早晨5点30分我忽然惊醒，很快就意识到有什么不一样的地方。船正稳稳地快速前行！海面像池水一样平静！我使劲眨了眨眼睛，好像还处在半梦半醒之间，我又眨了眨眼。

这是真的。

安迪和查理一边掌舵一边聊天。然后安迪转向我，对我露出笑容。

“情况好转了，贝尔，”他说，“我们现在的速度大约是40.7千米/小时。”

我坐起来，环顾四周，简直不敢相信自己的眼睛。大海犹如安眠般宁静，那看似永不休止的暴风雨终于平息了。天空湛蓝。多么美好的一天啊。我坐在那里目瞪口呆地望着远方。

“我们中央油箱有400升油，”安迪继续说，“我想我们刚好能抵达格陵兰岛。”

他冲我咧嘴笑了笑。

我欣喜若狂地从那个小空间里爬出来。这是我这几天来第一次觉得我们有机会完成这次探险。

我知道我们应该打电话给伦敦的基地团队，让他们知道我们的情况已经好转。然后我打给了克罗伊，她联系了莎拉告诉她一切都好，接着莎拉告诉了在约克郡的查理·麦克斯，我们全都平安而且他的祷告得到了回应。查理突然获得了大师般的地位，这可太有趣了。

我们并没有完全摆脱麻烦，但是我们都开始相信我们可以到达格陵兰岛。我们全都精神抖擞，享受着阳光的沐浴和如获新生般的速度。安迪仔细地监控着油量，查理在一旁帮他读取数据。米克的救生衣在过去的24小时里也意外膨胀了，他和奈杰尔自嘲着，说自己看起来像穿着亮黄色充气夹克的溺水老鼠。这是我们探险到现在为止最愉快的时候了。忘记了寒冷、潮湿和饥饿，享受着几天来第一次难得的闲聊时刻。狂风暴雨消失了，我们的船正在飞驰。

最后，在早上9点，格陵兰岛出现在地平线上。

我们距海岸还有大约120千米，虽然距离还很远，但可以从巨大的山脉和破碎的冰川看出来，这就是地球上那个最大最偏僻的岛。

“我们的燃料情况怎么样，安迪？”

他从控制台抬起头：“我试着把不同油箱的油集中到一个里面。现在很难精确地说我们还有多少油，但我们还在跑着呢，对吧？”

海面就像玻璃，空气中有种脆生生的寒意。在距岸这么远的外海我从没见过如此平静的海面，这太不可思议了。这个早晨我感受到了上帝的仁慈。虽然我们很累，但是都松了一口气。

海鸥朝着船前的善知鸟俯冲，吓得它们惊慌失措扑啦啦一阵乱飞，好玩的海鸟在我们船前面扑腾着。我们目光所及，是形状奇特的冰山，星罗棋布地装饰着海岸线。我们之间的距离很快就缩短了。这一切就像梦一样。

最后我们小心地通过了在纳诺塔里克小海港周围的一群硕大的冰山，它们自由地漂浮着，像巨大的雕塑，你可以看到平静的水面下的巨大冰块呈宝石般的蓝色。终于，我们抵达格陵兰岛。

小港的码头上，市长和一群当地人迎接我们。他们伸出强壮的手帮我们登岸。我们从来没有像现在一样喜悦地登上一个地方。

安迪看了一眼最后一个油箱。

“还剩多少燃料？”

“我估计还剩100升。”安迪回答道。

100升？这也许只够我们在海上再走半小时的。出发前我们有8000升。只剩下100升？这可太危险了，几乎可以算是没有了。坦白说，如果暴风雨再持续半小时，我们就没办法到这里了。就是这么悬的事。

我们知道我们实在太幸运了，非常幸运，能登上这片干燥的土地，五个男人都心存感恩。

现在，我只想躺下来好好睡个觉，但还得先打个电话。

我打给克罗伊告诉她我们最终到达了纳诺塔里克港这个好消息，然后我又打给宾法特上校。

“你们到的时候，还剩多少油？”他问道。

“所剩无几。”我笑着回答。

09

艰难抉择

优柔寡断者将错失良机。

——拿破仑·波拿巴

睡上几小时，冲一个热水澡，吃点可口的饭，这被我们大多数人视为生活中再普通不过的事情。驾驶一艘橡皮艇在拉布拉多海上行驶了超过 1127 千米，身心疲惫同时被海水侵蚀，经历了这些之后，这些看似简单的事情所包含的意义对我们来讲简直无法用语言来形容。

当地市长是因纽特人，他带我们去了“旅馆”，那是一个相对较大的破旧铁皮屋，四周环绕着几排相对小一些的旧铁皮屋。但在那个时候，它比伦敦西区五星级酒店更加迷人。

我们把湿漉漉的装备挂在满是灰尘的锅炉房里烘干，奈杰尔、米克和我和衣而睡，甚至连我们那个小卧室的门都没关上。洗澡还是待会儿再说吧。

大约一小时之后我们醒过来，已经是下午了。安迪和查理已开始与当地人共饮啤酒。他们今晚肯定能好好放松一下。

旅馆收银台有一条网线，我和米克坐在收银台后面打开那一系列愈发熟悉的网站查询天气预报。

我们下一段航程是整个探险行程中最长的一段，或许也是最具挑战性的一段：整个航程约达 1287 千米，我们得先绕过格陵兰岛，穿过丹麦海峡，然后在冰岛雷克雅未克上岸。费了一点时间才把网页打开，我仔细地看着它们在屏幕上展开。

看到眼前的资料我心头一沉。

接下来的 48 小时内海面风力大约是三级，但是一个大暴风雨要在星期五下午袭击丹麦海峡。

现在已经是星期二的傍晚了。

应付三级海风对我们来说是小菜一碟，没有什么问题，如果只是这样简单可以称得上完美，可以算是进入这片领域里最好的天气了。真正的问题是，在这次探险中，我第二次遇到像在圣玛丽港那样一个艰难的两难选择，一个五五开的概率，需要赌一赌。

这其实是一个很简单的选择：要么我们抓住剩下的 48 小时天气窗口，赌一把在大暴风雨没到来前抵达冰岛，或者选择安全，在纳诺塔里克等到天气好转。

到冰岛 48 小时够不够用？也许刚刚够，如果我们现在启程的话。但是这完全不可能。明天早晨 10 点我们才能补充燃料。这就把 48 小时降到了 36 小时。可是这一等就不知道要等到什么时候了。

我讨厌赌博，尤其是赌命。米克看着我，几小时之前我们还在祈祷着踏上陆地，梦想着从暴怒的大海中解脱出来，现在我们却在这里争论是不是要回到那个严峻的考验里。我如坐针毡。

我靠在椅子上，希望天气预报能明确到让我做这个决定，不论是好是坏。

米克记下所有的数据，并给我清楚地讲了一遍。

停留在这里的好处是我们都可以得到几天的休息，在拉布拉多海上经历了严峻的考验之后这正是我们迫切需要的。不利的是，从气象云图上看，坏天气一路从南向北移，可能会在这里停留三四个星期的时间。这意味着我们要困在格陵兰岛直到 9 月份，那个时候冬天也就来了。气温会比现在更低，冰块会粘连在一起，这个探险就可能没办法完成了。

“勇敢者胜。”说得容易。深陷其中恐怕就没那么容易说出这句话了。

尽快离开格陵兰岛的好处毋庸置疑，最好明天上午就动身，这样一来我们就能保持这个探险的激情与动力，再加上一点运气，或许可以在低气压到达前抵达冰岛。危险的是，如果低气压提前到达，我们就要再一次身陷一个更大的暴风雨中，没有人希望那样。

这一次我们是在和坏天气比快，看谁先到达冰岛。在拉布拉多海上我们穿越暴风雨，最终幸运地摆脱了麻烦。现在我们可能会正面迎上锋面，一旦与其交锋，到达港口之前我们都要一直与它斗争。持续时间越久，对我们就越不利，我们都很清楚这一点。

其他人都还沉浸在酒精中，我能听见他们在隔壁的酒吧里欢笑的声音。在酒水与欢笑声中，拉布拉多海给我们带来的紧绷感也逐渐消退。

我头上的那个声音告诉我不要失去耐心，要有责任感并且小心谨慎。我并不在意等待，也希望在这个偏远而美丽的地方多待些时间，但是我们还有未完成的目标，直觉告诉我应该抓住暴风雨来临前的好机会，完成这次穿越。

再一次地，五条生命攥在了我的手里。为什么这不能是一个简单的决定？米克和迈克·唐恩讨论后，白纸黑字潦草地写下了他们一致的意见，并把纸拿给我看，走或留将由我来做决定，但是我做不了。

这是一个重大的决定，我觉得我无法独立做出决定。我需要冷静且智慧的意见，所以我打电话给宾法特上校。他安静地听我叙述着当前的情况，简略地描述着正反两个方面。

威利并没有说太多，因为并不需要。他只需要让我把整个情况串一遍，在我说的过程中，我逐渐意识到我们并没有其他选择。是的，下一段航程更让人筋疲力尽，立即出发确实太紧张了，也是一步险棋，但是我们要完成这次探险，基本上没有别的选择。

威利简单而智慧地让我自己得出了结论。

我又给迈克·唐恩打了一通电话。他再一次确定两个巨大的锋面一路由南过来，如果我们不尽快上路，我们就要在格陵兰岛上等上几个星期了。米克又看了一眼气象海图，估计着浪高和我们赶在暴风雨前到达冰岛的概率。

我请米克说出对此情况的真实看法，不要有任何保留。我知道在其他人面前我需要表现得果断，但是米克不同，他是我最亲密的伙伴。我可以和他分享任何事，即使是羞耻、恐惧、迟疑和不确定感也可以同他讲。他的眼睛看起来有些疲惫，之前是厌倦了苦咸的海水，现在则是计算机屏幕上的气象预报。

“你觉得呢？”

他皱了皱眉，停顿了一下，然后平静地说：“贝尔，我想我们需要明天上午就出发。”他继续说，“每一分钟都很宝贵。你认为我们最早什么时候可以动身？”

“得看情况，如果我们按时加好燃料，应该能在上午 11 点 30 分出发。”

这个时间实际上还不够我们弄干衣服的。

“直觉是心灵最敏锐的地方，相信它吧。”这是我们贴在船上的那些标语之一。“真被它说对了。”我骂道。但那就是我们的答案。

接下来我要通知大家了。

当我站在酒吧外面时，心中的疑云再一次笼罩过来。我是不是把完成这次探险的野心看得比大家的性命还重要？我是不是太冲动太愚蠢了？

我知道死于山难的登山者中，80% 是因为常识告诉他们应该返回的时候，却一意孤行。我现在就是这种情况吗？我们刚刚从拉布拉多海死里逃生，现在却要再去一个更糟的海域里，这是明智的选择吗？但是如果不试一试我们又怎么知道能不能成功呢?

我把他们叫到酒吧旁边的一间屋里。他们还沉浸在啤酒的乐趣中，并不怎么想开会。站在他们的角度我也会有完全一样的想法。一股奇怪的羡慕袭上了心头，我也不想承担现在的这种负担。

“嗯，这里有一个好消息和一个坏消息。”我说道，没有人能预料到自己将要听到的事情，“好消息是接下来天气不错，坏消息是为了把握这个天气窗口，我们需要明早尽快启程。”

他们没有人动，全场鸦雀无声。

“这就意味着我们要明天早上 5 点起床。”我继续补充说，“然后开始准备我们起航的相关事宜。听起来并不是什么好消息，但是如果我们想要顺利抵达冰岛，这是唯一的选择。”

我停顿了一下。

“我真的很抱歉我们不能够阻止坏天气的到来。”

米克事先知道心里有准备。安迪、奈杰尔和查理只是勉强听进去了。在经历了横渡拉布拉多海后，来之不易的休息和恢复体能的机会就这样取消了。我确信现在是整个探险中最难接受的时刻之一。

米克详细阐述了做这个决定的原因，解释天气预报的情况：接下来的 48 小时甚至是 72 小时都是晴朗天气，之后将是几个星期的暴风雨，但很明显安迪对此决定有些犹豫，甚至不安。

“贝尔，我们抵达这里时大家都说过，不管怎么样，我们都不想再困在天气恶劣的大海上了。”他提醒我们，“这一次我们是太幸运了才得以脱身。现在你却告诉我们要再一次回去，就凭什么狗屁预报，就想打败那个恶劣天气，抓住到达冰岛的渺小概率。如果锋面提前到来而不是推后，我们怎么办呢？”

“我知道这是一招险棋。我无法回答你的问题。”我回答他说，“我只能告诉你摆在眼前的事实，你可以先研究一下米克做的分析图表再告诉我你的看法。如果我们无法达成一致，那我们就不出发。”

安迪看着那张气象图表思考了几分钟。老实讲，其实我心里也有些希望有人说不。再经历一次风暴的想法让我不寒而栗。如果有谁觉得这次探险是浪漫的，都应该来感受一下这屋里的紧张气氛。这个决定至关重要，我的手心有点出汗了。

“让我们先休息几小时吧。”我说。

这些家伙本来情绪高涨地在酒吧喝酒，现在却都默默地回到自己的房间。我早已身心俱疲，躺在床上盯着白色的天花板，我只是希望自己的这个决定是正确的。

查理后来回忆：

贝尔宣布的决定太让人震惊了，我们也提出了质疑，但并不是用消极的方式。最后我们理解并同意了他的分析，展现了团队意识。这种团队精神对我来说还很新鲜。

我本性孤僻，喜欢独来独往，作为自由摄影人，我时常独自四处旅行，我有我自己的生活，对此我也乐在其中。然而，在这个小船上，作为队伍中的一员，对我来说意义重大，知道我们彼此依靠，这感觉很好。

所以，当贝尔说第二天一早就要动身的时候，我们并没有直接同意。这不是军队。我们研究数据讨论问题，但是，最终我们达成一致，同意立刻出发。不论发生什么事，我们都不会相互指责。

奈杰尔此后回忆道：

当米克和贝尔告诉我们需要立刻出发的时候，感觉可不怎么好。第二天早晨，当我发现我的靴子还很湿的时候，心情就更糟了。穿着湿漉漉的靴子开始这段航程，这可不是什么好开端，但是天气状况让我们别无选择。

好好地休息了一晚之后，大家的情绪或多或少都会有所好转。早上5点30分起来的时候，大家看起来心情都比较愉快，做事也更果断有决心。现在所有人都接受了立刻出发是正确的决定这一想法。我们一致通过了这个决定，整个队伍团结起来一起向前。没有人作壁上观，我们都参与决定，都为自己的决定负责。

米克和安迪开始准备船只，横渡拉布拉多海之后它看起来一团糟；查理和奈杰尔尽最大可能弄干所有装备，我付了旅馆钱，安排添加燃料，准备海关报表。幸运的话，中午之前我们就可以动身了。

我们都很清楚头顶的蓝天不会持续太久，48小时已经开始倒计时了。

市长本来邀请我们一起共进午餐，但是我路过他家的时候告诉他我们的时间不够了。我解释说要想在暴风雨来临前穿越丹麦海峡抵达冰岛，我们现在分秒必争。他也表示完全理解。

我们到达码头的时候大概是上午11点30分。这些家伙做得太棒了，我们几乎可以出发了。

我们在伦敦的公关亚历克斯·雷纳，不断地要我们做一些经过筛选的电台专访。我知道应该配合，但有点不能接受，现在这个时机不对，只好再一次违背了和亚历克斯的约定。我挂断了卫星电话，希望他可以理解。

然而，一分钟之后，电台打到奈杰尔的手机上，是BBC第五电台的。

“贝尔，我们会在20分钟之后打给你，做一个现场采访。”伦敦的主持人说，“可以吗？”

油箱已经加满了油，大家都在船里随时准备出发。正好是上午11点30分，完全没有耽误最后的出发时间。他们全都看着我。

我又把电话靠近耳边：“真的很抱歉，但是我们真的没有时间接受采访了。”

“20分钟也不行吗？”

“这次真的不行，我们现在就得出发。真的十分抱歉。”

他们的确有点不悦，但是远在伦敦的他们不可能知道再等20分钟对我们来说，将是安全抵达冰岛和被困在飓风中两种不同结局。

我们可没有这样的时间用来浪费。我跳上甲板，安迪发动了船。如果全都按照计划走，这个引擎会一直启动着直到我们抵达冰岛。这一路将会很漫长。冰岛，在我的小杰西那本《儿童世界地图》中，可是一个跟英国都不在一页上的遥远地方呢。

这段旅程的前10小时，我想我会一直记住它，是永远难忘的记忆，我能亲眼见证这片海上的一切实在是三生有幸。

我们沿着格陵兰岛的海岸一路向西南，穿过克里斯蒂安森王子湾，切过格陵兰岛南岬，最后从格陵兰岛东侧直奔冰岛。克里斯蒂安森王子湾的自然风光可以说是偏远到被遗忘的美。或许正是因为无人宣传，它才能这般神奇。世上很少有人能目睹如此奇景。

通过前方垂直崖壁中间的峡湾时，我的脑子里只能挤出一个词来形容我们的反应：震撼。

陡峭垂直的岩壁，至少有610米那么高，直接从水面上拔起形成锯齿状的顶峰，又整个被白雪覆盖。而峡湾的深度已经超过我们仪器的测量范围。好几次，我们把船停靠在岩壁旁，敬畏地仰视着这大自然鬼斧神工的造化。

这是一幅有生命、不断变化的自然风景。冰川从千百米的地方垂直砸进冰冷静止的海水里。在珠穆朗玛峰上我曾经见过冰崩的过程，看到冰川自陡峭的岩壁崩裂坠落形成壮观的冰瀑布。在这里，冰川直接坠落进峡湾里。

水面上漂浮着成千上万大小不一的块冰，小到一团，大至冰山。当我们在这些冰块间前行时，看见并感受冰块敲击铝制船体是件非常令人愉快的事。“亚诺探险”号就是为了这种环境设计的，所以它能轻而易举地在这样的海湾穿行。

我们再次看到大黑鲸的黑影出现了，在距离船身约46米的地方飞身跃出水面，然后近2米长的尾巴一甩又不见了踪影。坐在那里看到这一景象我们感到太不可思议了。

我们带着敬畏之情穿过这片仙境。正午阳光闪耀，空中万里无云，我们穿着轻便的外套和抓绒衫。探险中唯一一次我们没有按照排班表进行，大家随意地换班掌舵，在前甲板上伸伸懒腰休息一下，写写日记听听歌，或者就在这个神奇的地方悠闲地晒晒太阳。这是个特殊的时刻，终于有一次能让我们在船上全身心放松，恢复我们需要的能量。

天地之间再无他人，这个冰封的天堂里只有我们。

查理事后回忆：

那些冰山异常巨大，而且形态大小各异。有些有奇怪的尖顶就像大自然塑造的大教堂，跟真正的大教堂一样雄伟。半透明的山体中，依稀能看到不可思议的蓝光贯穿其中，简直美不胜收。

我们看到了各种各样的鲸鱼——座头鲸、小须鲸，但没有一头靠近我们50米以内的，也许是我们喷气式发动机的声音太吵了。很不幸，这意味着我们置身仙境，我却没能够像大卫·艾登堡爵士那样用相机捕捉到惊世杰作。

我们都感受到了平静、安宁、幸福的满足感。这是我一直以来渴望的时刻。置身大自然，与我的朋友们为伴，纯粹而梦幻。

在这个美丽又与世隔绝的地方，隐蔽的岩壁在闪闪发光的冰川上，骄傲而庄严地屹立着，充实着人类的灵魂。它们是人类无法触及的，就像是繁茂的丛林中一朵只为自己而活的小花，终其一生都不为人发现。对我而言，这些地方都是上帝私藏的珍品。

我们远离文明来到这个荒无人烟的地方，看到鬼斧神工的冰河、山脉和冰山，一切都是那么美好。但我们也知道美景不会一直持续下去，我们都害怕下一个峡湾的转弯是最后一道风景。

我们经过最后一个拐角，面前约32千米的峡湾直奔大海。这一片神奇的海域被更雄伟的群山包围，在山与山之间偶尔会有裂开的缝隙，从中我们可以窥见后面那片冰雪覆盖的格陵兰岛高原。

但我们都注视着眼前这片开阔的海域，自探险以来，我们第一次感受到北极的风迎面吹来。寒风经过峡湾后，并不猛烈，只是平缓地吹着却让人冻得脸部发僵，像在发出警告，提醒我们前方波涛澎湃的大海正在召唤我们向前。

我们都开始穿额外的抓绒衣，再套上沉重的全副装备，确保所有的东西都正确存放，快艇也一切就绪。从拉布拉多海的那段经历中我们学到了很多：在波涛汹涌的海面上如何存放食物和其他供给，如何让防水装备更有效，穿多少层衣服更合适。在某种程度上，那场暴风雨让我们发现了一些纰漏，我们不想再犯同样的错误了。所有人都能感受到危险正在步步靠近，赌局升级了。

不久，我们都全副武装——巴拉克拉瓦盔式帽、头盔、内外双层手套、两双保暖袜、防水衣下还有五层衣服，然后静悄悄并略带紧张地坐在船上。现在是下午7点20分，我们已经很难移动了，穿得实在太臃肿了，但是经验告诉我们还是要做好准备。我们安静地坐在那里。峡湾口还是一片平静，只有汇聚而来的风在水面掀起的涟漪。

“奈杰尔，距离冰岛还有多远？”我问。

“直线距离，还有大约1167千米。”他回答道。

“那好，幸运的话，后天下午 3 点 30 分我们就可以到达雷克雅未克。”

我们到达峡湾的尽头，进入宽阔海域和丹麦海峡前，最后一次停下来。船懒洋洋地漂着，被两侧的悬崖峭壁和冰川衬得非常渺小。我们还有最后一通卫星电话要打。

迈克·唐恩在等我们的电话。他又查了气象预报，接下来的 36 小时仍然是晴天，之后通往冰岛的航线上就有五六级的风。如果我们可以在那之前进入冰岛海域，那就还有办法在最后一段航程战胜五六级大风进入海港。这对我们来说已经是很好的消息了。现在我们只剩最后一项需要确认，然后就可以向大海出发了。

在悬崖的边缘，海湾的入海口处，有这个世界上最偏远的气象站。这里的科学家比任何人都了解这片海域，也知道它是多么不可预知。他们的建议将是无价的。

在距峡湾入海口几千米处，就能看到他们的天线和简陋的小屋，我们尝试用无线电与他们联系。

“嗨，你们要去哪里？”他们问。

“去冰岛。”我回答。

他们沉默了一下。

“天气怎么样？”我继续问。不想曲解他们的意思。

“嗯，接下来的 24 小时看起来不错，之后的 12 小时应该也还不错，然后通向冰岛的方向天气会急剧变差，还要看那股低气压向北推移的速度有多快。但我觉得你们应该没什么问题，来杯茶或者吃点什么再走吗？”

“谢谢。”我说，“我们都穿得像航天员一样，也做好万全的准备了。我们要继续赶路了。”

我们谢过了他们，停止了通话。

他们的气象预报和来自伦敦的预报比较一致，但我也清楚我们正在进入一片世界上罕有记录的海域。美国军方也是最近才在这里放了浮标来测量浪高，之前他们并不需要这些数据。

我们得到了很好的建议，知道了实际的情况，我们决定冒险。我把卫星电话装在防水袋中，放进控制台，然后爬了出来。

我们仍然在缓慢地漂流，在入海前最后一个小湾，穿过一小群冰山迂回向前。就像这些冰山也怕进入大海。老实讲，我也有类似的感觉。

我们加大油门将船头转向，驶入格陵兰岛和冰岛之间的丹麦海峡，面向近1127千米的开放水域。

在我做的所有研究中，几乎没有找到关于这段路的信息。我发现的关于此处的一篇地理文献写得相当模糊："丹麦海峡是所有海峡中最难研究的大型海峡之一。不友好的天气与终年布满浮冰的海面使航行异常困难。尝试一下其他相对暖和的地方吧。"

这可不是我想要的信息。

我们渐渐远离冰雪覆盖的格陵兰冰原海岸，前方的海面平整如镜，连一丝涟漪都没有。

"像不像'玛丽·塞莱斯特'号幽灵船？"奈杰尔问道。

一点也不错。

我们进入这片完全没有我们担心的恶劣天气，却让人毛骨悚然的海域后，知道可怕的不是严峻的状况，而是这诡异的平静。夜幕渐渐降临，海面依然平静得如同一面镜子，浓雾渐渐降下来。没过多久格陵兰岛就在视线中完全模糊了。

我知道奈杰尔是什么意思。我也觉得我们像是"玛丽·塞莱斯特"号，那艘传说中无人驾驶且无人能靠近的孤零零地漂流在大海上的幽灵船。

一群海鸟在水面上扑腾，当我们驶向它们的时候，它们又挣扎着挥着翅膀企图飞起来。这么小巧又笨拙的鸟是怎样撑过暴风雨的肆虐，在这种海域里生存下来的？我不知道。它们看起来如此脆弱，和这个地方格格不入，但这里是它们的家。看着上帝所造的神奇之物在我们面前惊慌失措地扑棱着，感觉有些吃惊也让人更敬畏。

因为路程遥远的关系船身装载的燃料还很重，我们把速度控制在大约 24.1 千米 / 小时，在翻滚的浪上一颠一颠的感觉让人昏昏欲睡。我们依然按照排班表轮班，保证每个人都可以在船上那个小空间里得到几小时的休息。

那真是美好的一晚，我记得自己醒来睁开双眼时，有多担心会看到海面翻滚，船在波涛中摇摆，但并没有，海面还是平静如初。

然而，我还是感到很紧张。我也不知道为什么会这样。

我知道每过一小时，就离抵达冰岛的时间更近一小时，但是我希望可以行进得快一点儿，趁着天气好的时候在我们的地盘里多走些距离。

“现在情况怎么样？”我问米克。

“看起来不错。”他回答说，“我们已经走了差不多 330 千米了。”

我看了一圈儿小艇，一切都井井有条，大家都在休息。

黎明时我感觉更冷了，这一点也不意外。因为我们一直向着东北方向行驶，纬度是北纬 64 度。翻过那些轻波依然可以感受到海面的平静。

几小时后，查理和我一起坐在控制台上，就在这时我们视线中出现了一艘游船，不知道从哪里冒出来的。这次探险中我们鲜有机会能遇到其他船只，所以这对我们来说算是个惊喜。我希望还能见到更多，事实上，这是我们走了近 3219 千米以来见到的第一艘船。我们太激动了，我尝试着用无线电联系那个船长，希望得到更多有关前方天气的情况（虽然知道了也没有什么用）。

我们看不到船的名字。所以我们先试着这样说："你好，大船，这里是小黄船。"

一个丹麦口音回答道："嗨，你好吗？"

"还好。"我回应道。

他说他知道这次探险，并祝我们好运。但他说"好天气已在丹麦海峡持续一阵"的时候，我小心地判断他的话外之音。他问我格陵兰岛南边是不是还有很多浮冰，他们就是要往那个方向去的，我告诉他冰块已经破裂，船只可以通行。

我们与他通话的时候，一大群人出现在游船甲板上。他们俯下身来看我们这艘小黄船驶进他们游船的阴影中。我们就坐在那里，感到有些滑稽和渺小，想象着他们会想些什么。

"哦，好吧。"米克说着，从船上的那个小空间里招了招手，"至少船长不会从乘客那里收到太多关于客舱太小的投诉了。我们给他们提供了全新的视角去认识'居住区'。"

那是星期二正午，我们离开格陵兰岛第二天，情况一切良好，行程也一切顺利。如果我们得到的天气预报是准确的，还会有24小时的好天气，我们有足够的时间抵达冰岛。一切看起来都很好，也没有什么迹象让我们担心将有什么变化等着我们。

下午，我们注意到风变得更凉爽了，并不是瞬间的变化，但还是很明显。当我们预测会是四级风的时候，已经是五级风了。

但这问题也不大，我告诉自己。真正的坏天气还在距我们约1609千米以外的南边呢。

或许它本来应该是那样的。

傍晚时分，海上开始起浪，浪花也开始翻腾起来，大约每30秒就会向我们扑来一次，让人感到寒冷而不舒服，同时我注意到艇身的起伏越来越剧烈了。快艇应付海浪的能力还不错，当海浪正面扑来时，深“V”的船身敏捷地在海水中穿梭着。

但还不算很糟。

“还不错，对吧？”第二个晚上我对奈杰尔说。

“可不，没有哪里能像拉布拉多海那样了。”他回答我。

“但愿如此，”我说，“但愿不要再那么戏剧性了。”

3 小时后，我瞟了奈杰尔一眼。保持这样的互相照看已经成了我们的习惯。我又看了一眼，他目不转睛地看着他的表。我知道他在盯着什么看，他的气压计。

气压计可以非常简单地测量出大气压力，如同这个科技时代下的任何电子产品一样，它能够最准确最可靠地判断是否即将出现坏天气。我们离开格陵兰岛的时候它的读数是 1026 毫巴，此后一直维持差不太多的数据。

但是现在显然有什么事情变化了。因为奈杰尔看起来很茫然，而且有些惊慌失措。

我一直看着他。

“什么情况？”我问他。

“降到 996 毫巴了，”他回答，“这不可能。我从来没遇见过这样的情况。”

气压计显示气压一下子降了 30 毫巴。后来，迈克·唐恩说这简直是气象学上不可能发生的事，降得实在太快了。但它的确发生了，我们都看到了。

好天气正式向我们说再见了。夜晚才刚刚开始，我们根本不知道自己将要进到什么样的环境中。

入海大约483千米，在格陵兰岛和冰岛的正中间，已经没有什么地方可以藏身了。

严峻的考验马上就要开始了。

10

惊心动魄

如果你正在穿过地狱，勇往直前吧。

——温斯顿·丘吉尔

我们的希望同气压计一起猛跌。

大家都清楚自己是在和天气赛跑，现在却“冲进了”恶劣天气里。在到达冰岛之前，不会有任何喘息的机会，我们知道自己大难临头了。

我们被告知有48小时的好天气，但是那股低气压正以惊人的速度向北袭来，好天气才持续了30小时。

按照排班表现在我应该在那个小空间里休息，但我在脑子里拼命把整个情况过了一遍，进行清晰而有逻辑的思考是困难的。“怎么会这样？是我的错吗？难道我们应该在格陵兰岛多逗留一段时间？”

迷惑中，我又拿起了录音机：

我们又回到了无边的大海中。海浪再次向快艇砸过来，我们浑身都湿漉漉的。在海湾的时候，我们小心地摆放在快艇上面晾干的装备也都再一次湿透了。

海面起伏不已，我们不停被摔得东倒西歪。不在控制台上值班的时候，你需要牢牢稳住自己，时刻提心吊胆。我们的快艇几乎每30秒就要被大浪抛起来一次。如果跌下来时是船骨先触到海面的话还好，如果是侧面丢落在海面，那感觉就像船体在我们下面崩裂开。

我有点脱水了，但是我没办法走到另一边去喝水。在船上移动太困难了。船身剧烈的晃动让我的头很痛，每一个浪都让我畏缩。上厕所也不太可能：我尝试着抓住控制台，但是需要两只手才能解开裤子拉锁。最终，我放弃了。如果恶劣天气持续下去，我们根本不能吃喝也不能上厕所，只能尽量坚持下去。

距离冰岛还有大约 523 千米远。这可真是漫漫长路，我们只能勉强保持约 16.7 千米 / 小时的速度，暴风雨却越来越猛烈了，我最担心的情况出现了。

接近 8 米高的巨浪压顶而来，就像要粉碎我们周围的一切。我们这个快艇在它巨大和可怕的威力下，不堪一击。

海水连续不断地倾倒在我们的身上，非常寒冷。我们现在才刚进入北极圈的南边，海水似乎已经冷到可以形成数万个冰山。随着时间流逝我们的衬衣不可避免地湿了，因为缝隙让很少量的水进入，然后非常缓慢地渗到胳膊和胸前。我们感到身上的每个部分都被浸湿了，但是真正让我们感到寒冷的是不停歇的风。

风刮过控制台，让我们全身发抖，每一阵狂风都卷着海水翻涌而起的冰冷水沫，由于逆风，暴风雨和船速叠加起来简直让这种寒冷翻倍。不论我们是坐着还是蜷缩起来，都没有什么可以躲藏的地方。我们唯一能做的就是抱在一起躲在船上的那个小空间里，把防水衣拉到腰间，试着再坚持一小时。

在这种情况下，我们身上的装备就是救命稻草。从拉布拉多海第一晚开始——那一晚，由于天气太冷，我们不得不停船穿上更多的保暖层——我们便很痛苦地学到竭尽所能保暖的重要性。我们就是靠这点装备挺过去的。

从里到外，居然有这么多层：紧贴着皮肤，我们穿着厚长袖抓绒衫和厚保暖衬裤，然后是耐用型抓绒衣，戈尔特斯工装裤和抓绒夹克，在这些的外面再加上一体化救生防水衣，最后是一层防风防水海洋夹克。

我们的手上，一副巨大的防水连指手套里面是一层抓绒手套。最外面是封口的抓绒潜水手套，但是它们都不可避免地湿透了。我们只能毫无意义地搓着手，企图让手指头可以暖和一点儿。

在我们的头上，有抓绒的巴拉克拉法帽，它外面还有一层戈尔特斯的装备包裹着；最外面是英国皇家救生艇协会的壁虎头盔。但这些都不足以把水挡在外面。海水到处都是：我们的头发湿了，海水不停地顺着头发滴到脸和脖子上。

大部分的装备都是幕斯托赞助的，我永远也不会忘记，一年前站在幕斯托位于巴西尔登的总部的时刻。那是一个酷热难耐的夏天，这家服装公司创办人基斯·幕斯托帮我们试穿了所有的东西。短短几分钟我就汗流浃背了。基斯感觉很搞笑，我站在储物室里就像是巨大的松胖先生，害怕他会再过来给我套上一层。

“这些你全都会用上的，”当他给我又套上一层抓绒衫的时候补充说，“这些装备是你们生命的保障。它们是世界上最好的，但是毫无疑问，如果那里的情况真的太过糟糕，那不论你穿什么都会很冷。”

我还真难想象什么样的环境能冷到即使穿着这些抓绒衣和戈尔特斯装备还能让我发抖。我都快要动不了了。但是我也的确没有在这么北的地方把自己长时间暴露在湿冷的寒风中。在约 1.06 亿平方千米的浩瀚海洋上，在这个小艇的甲板上，我缩成一团，抖得不成样子。

对付这种寒冷唯一的办法就是永远不要让自己陷入这种寒冷的境地。也许这听起来非常容易。从登山中我学到，一旦你让自己冷到这种程度，一切都太晚了，再想恢复温度已经不可能了。但是在这里，我们什么也做不了：没有遮盖物可以躲避风雨和海水，也没有更多的东西可以穿在身上了。我们就只有小艇上这块小小的容身之地。

我们需要互相照看以防止低体温症的迹象出现，不断警觉极端寒冷的征兆——颤抖的双手、动作变慢和反应迟缓，帮助陷入症状的队友。低体温症往往悄悄袭来而且速度非常快。我们都需要留意其他人的状况。如果一个人感到冷了然后缩成一团，企图保留自己最后一点核心温度，那么这是个好的迹象，至少这个人是清醒、理性的；另外一种可能，如果他们平躺着，胳膊垂在身旁，头和身体都毫不在意地暴露在风雨中，那可就不妙了。

如果有人起身，扔给你一个马尔斯巧克力棒并喊道“嗨，接着”，那是个好迹象；如果他们连坐起来接住巧克力棒的力气都没有，更不要说试着吃一口了，那绝对是个糟糕的迹象。

我们试着喝点水，或每几小时，在我们的脸上和嘴里泼点水，让身体不至于脱水。我尝试着在每一次全部轮班结束的时候这样做，也就是说每 5 小时一次。这可以让我集中精力，我也坚持照着这样喝水。如果谁没有喝水，其他人一定会注意到。

对我们来说，现在每一个小动作都很重要，可以判断身体功能是否正常。从吃饭、掌舵甚至是睡觉的方式，都可以判断每个人的状态是否正常。这些动作的任何改变，通常意味着有什么事情开始不对劲了。

这次探险的意义并不在于在其他人面前展示勇敢和强壮，也不在于强撑着不在别人面前示弱、不让别人看出自己出了状况，而在于勇敢地说出自己的感受，不论脆弱还是坚强。也需要足够诚实地偶尔承认自己需要安慰和帮助，也可以承认自己的恐惧。重要的是我们大家在一起，紧密相连、团结一致。归根结底，这是为了生存。

但是我们现在都在经受苦难。我们被雨水抽打着，眼睛被海水刺激得生疼。长时间不停地抵御巨浪使我们心力交瘁，而引擎震耳欲聋的噪声听久了也让我们头疼。

黑夜让一切变得更糟。我们根本看不到浪，也无法知道把船导向哪里才能减小海浪的冲击。我们目不转睛地盯着前方，不顾一切地想要看清楚迎面而来的海浪。我们视线中唯一能看到的是那条处于漆黑的大海和深灰色天空之间模糊的线。这个地平线也会突然消失，取而代之的是一堵黑色的水墙，然后映入眼帘的是浪尖处四溅的浪花，它要咆哮着砸向我们了。那充斥着白色泡沫的最后一幕往往是最可怕的，你得再次做好准备。

你只能紧紧地抓住任何东西，不论它是什么，并在心中祈祷。

通常，最佳藏身处是被称为“躺椅”的地方。我们研究出如何拉过一张薄防风塑料板盖住自己，躲过袭击。如果我们能够用脚固定住这张塑料板的底部，然后坐在剩余部分下，就可以暂时逃离海浪和大风，说服自己这一刻我们是安全的，以此得到片刻的解脱。这张橘黄色的塑料板就像安全毯，带我们朝梦想前进。对我来说，那些梦总是关于回家的。

现在轮到查理坐在躺椅上了。我回到船上的那个小空间里，试着忽略各种不爽。我听见米克对我喊着什么，尽管他的头离我只有十几厘米远。

“这个鬼天气，不应该出现在这里！”他企图盖过噪声喊着。

米克后来回忆道：

我觉得非常内疚。天气窗口比我们预计的关得要早很多，而正确预报天气是我的职责范围。我觉得那些家伙正盯着我：“米克，怎么搞的？”我觉得这都是我的错。

这当然不是米克的错，这不是任何人的错。我们只能依靠在格陵兰岛获得的天气预报来分析何时离开。事实是在纳诺塔里克，我们有三个相对独立的信息来源，他们都告诉我们会有 48 小时到 72 小时的天气窗口。我们必须出发，但是没有人会知道这个锋面会比预报到得早，因此，我们面临着比预期更加凶险的困境。

我们不可以责备米克。只能怪天气，只能勇往直前，而不是一味回头看。

晚上 11 点，我们已经在狂风巨浪中挣扎 6 小时了，我和奈杰尔蹲在黑暗中，试着打开装食物的袋子抓点什么吃，什么都行。奈杰尔拿出一袋已经挤碎了的燕麦饼。包装有点破了，所以饼湿了点儿。他稳住自己，然后把它掰成两半，递给我一半，我一口就吞下去了。

“哦，我现在可真想去那家咖喱屋，”奈杰尔滔滔不绝地说，“与侯赛因和穆罕默德还有那个装满了玉米饼和印度炸圆面包的手推车在一起！那真是太美妙了！”

他享受地冲我笑笑，就在那一刻，短短的一瞬间，我们恍若隔世。

星期六去伦敦当地一家印度餐厅仿佛成了我们的习惯，侯赛因和穆罕默德是那里的服务生，早就熟知了我们常点的东西。

“哦，不要忘记给我的咖喱烩菜里加点辣。”我开玩笑地提醒他们，并用手捻动着模仿加辣椒面的动作。侯赛因一定会笑，而莎拉则会对我的幼稚行为丢个白眼，我们总是这样做。这一切与我们在北大西洋上的小船很远很远。但是那些回忆在这无尽的噩梦中给了我们片刻的安慰。

奈杰尔回头看看我。他有些累了，我能看得出，但他还是挤出一个笑。

查理的情况还可以，但是他也开始感到寒冷。军队教给你的第一件事，就是如何在困境中照顾好自己。这是一种最基本的自律。查理一直是坚韧的硬汉，但他没有受过军事训练，他的衣服和装备总是显得比我们的更杂乱无章。我在家的时候东西总是一团糟，但不知道为什么，当我离开家的时候，我会更谨慎、更整齐有序。我需要知道自己的东西都在什么地方，这是我的习惯。

这导致查理必须忍受比我们更糟的状况。就拿他的手套来说，它们很早就湿了，因为他没有把它们足够仔细地包裹在防水材料里。但他并没有抱怨，只是默默承受着一切。

这次探险，查理有个不可能完成的任务——在这种情况下拍摄是不可能的事。尽管如此，我经常能看见他用冰冷颤抖的手指摸索着微型麦克风，尝试着把它放进防水套中。但是不论他把它粘在控制台上还是别的什么地方，都很快会被海浪冲掉。海水对敏感的电子设备来说就像杀手，但暴风雨来临之初，查理居然还在摄影。尽管他尽最大的努力捕捉一切，但我们的底线是：当风暴达到七级以上，我们就要顾好自己的性命，不论照相还是录影都不能再做了。我们周围的世界漆黑冰冷，周围全是海水，再配上120分贝的狂风怒吼声，并不是什么理想的光线和声音条件。

现在距离大陆还很远，我们面临的境况也越来越严峻。我们已经进入了求生模式。在黑暗中我们摸索着救生索，将它们置于身下，然后集中精力做自己的事情。这时候已经没有犯错的余地：油量的读数一定要正确，掌舵一定要完美无瑕。一点小错就有可能让我们葬身大海。这是一天之中最黑的时候，周围的情况仍然在恶化。

情况瞬间变得很危险，并快速恶化。很快我们就清楚地意识到，这次探险将需要第二次呼叫伦敦基地，向他们预警现在的情况。如果形势以现在这样的速度一路急转直下，我们很快就会失控。我们的生死将悬在救援队的手里，然而这里距离陆地还很远，我们谁也不知道会配给我们什么样的救援。

我督促大家集中精力，同时减慢船速以便可以打电话给伦敦。

又一次，引擎的轰鸣停止了，刚开始我们还不太习惯这种安静，我跪下来爬进控制台里。我的手有些抖，并不单单因为寒冷，更因为害怕。我耐心地等待电话接通，他们那边距离午夜还有8分钟。

克罗伊刚刚关上她公寓走廊的灯，准备上床睡觉。她听到自己的手机响了，看到手机屏幕上显示的“+88”的号码，顿时心头一沉，她意识到这通深夜来电一定是我们打来的。根据定位器的信息，她知道我们现在距离冰岛还很远。她瞬间意识到一定是出了问题。

“克罗伊？”

“是，我在。发生了什么事？”

“快拿支笔。我需要告诉你我们的位置。”

我转向米克向他大声喊道：“好的，米克，给我经纬度，声音要大要清楚！”

他向我大声喊道：“6—2—2—7。”

“6—2—2—7。”我声嘶力竭企图盖过暴风雨的动静，向接收器大声喊着，“记下了吗？”

“是的。”她回答说，并写在她唯一能找到的纸上——《暂停》周刊，伦敦的一份旅游杂志。

“给我复述一遍，克罗伊。”我喊道。

我又冷又湿，筋疲力尽，并且非常痛苦地把自己卡在这个狭小漆黑的洞里。我需要克罗伊准确地掌握我们的位置，并把这个给救援部队。只要有一个数字读错或是听错，就可能是灾难性的，甚至是致命的。

“4—1—3。”米克又在我耳边喊道。

“4—1—3。”我冲着电话吼，“所以是北纬62度27分413秒，听清楚了吗？”

她身边有坐标图，很快得出经度并读出来：西经31度18分912秒。

“克罗伊，”我说道，“我们现在还好，但是情况很危险。这里的海比拉布拉多海广阔得多。联系冰岛海岸救援队，给他们我们的具体方位，随时告知他们我们的最新动态。”

我转向安迪，仍旧喊道：“现在油量如何？”

安迪查看了一下油量，然后告诉我现在看起来还好。我们目前距离雷克雅未克还有大约402千米。我将这个也告诉了克罗伊。

我记得她放弃高盛安逸的工作是为了体验冒险的感觉。嗯，现在她感觉到了，这是毫无疑问的。

“然后也要通知威利。”

“好的。”

“一小时后我们会再打过来。”

应我的要求，克罗伊联络了雷克雅未克的救援队，告知他们我们的情况，也打给了安迪·比林，他当时在伦敦我的驳船上，还没有睡，他叫醒了威利。她需要集合所有能召集的力量。

克罗伊后来回忆道：

贝尔的电话简短但让人坐立不安。一切都突如其来。我早做好了心理准备。探险开始之前我们就达成共识，他们离开英格兰之后，贝尔会在每天下午3点给我打电话。但这从来就没有实现过，因为从一开始，即使是在哈利法克斯，整个团队都在抓紧一切时间准备船只，出发前最后一次查看天气预报及应付媒体。很不幸，在那么偏远的地方，大自然就像头野兽，总不按牌理出牌，所有例行公事都变成了不可能。

似乎总有做不完的事情，千头万绪，并且在恶劣天气里似乎很难依照时间行事。我向克罗伊保证一小时后再打回去，于是她就坐在那里，握着咖啡，熬夜等我的电话。当时伦敦正被热浪袭击，但让她彻夜未眠的并不是湿热的天气，而是对我们身处险恶大海的担忧。

最后，我们直到凌晨2点30分才打过去，晚了一个半小时，米克跟她通话。我晕船很严重，已经不能再钻到那个漆黑拥挤的小洞里去了。米克自愿顶替我。他告诉克罗伊情况还是没有改善，但是我们还能稳得住，正在坚持，早晨8点30分我们会再打过去。克罗伊及时把这些消息传给了威利。我们的基地团队合作密切，但是这个时候他们也无能为力。

我们需要独自战胜这一切。

这一晚正是需要我以身作则，带领大家的时候。不能退缩了，这是需要我挺身而出的时刻。

回顾我的一生，从进入军队到珠穆朗玛峰探险，我从来没有把自己当作天生的运动健将。总会有来自不同领域的高手，比我更强壮更合适。但真到了紧要关头，我往往有办法找到那个最可贵的顺利渡过难关的关键点。我也不知道这能力是从哪里来的。

在成功登顶珠穆朗玛峰前的几个星期，我的确在还没到半山腰的地方遇到困境，作为登山者，有好几次我都感到身体虚弱，行动迟缓。但几个月的攀登后，只有我和另一个队员成功登顶，而且不知怎么的，我感觉到自己的力量恢复了。按理说是不可能恢复的：毕竟我们好几天没吃东西，甚至超过36小时没有上厕所了，我们的身体机能已经不能正常运转，我们的力量也全都用光了——在约7925米的高度之上，我们已经身陷冰冷的死亡地带，我们的身体在生理上已经是垂死的状态。但是有股力量促使我前进。这种力量不是运动能力，也不是健康的体魄，我认为是意志力。

当我在快艇上紧紧抓住任何我能抓住的东西，坚持不放的时候，我感觉到这是另一个关键时刻。当时是凌晨1点，大海明显占了上风。我们到了危急关头，又到了我发挥意志力的时刻。

我并不想冲动鲁莽，也不想做什么英勇骑士。我知道自己需要冷静，并且集中精神，担起责任。同样我也知道现在我需要起带头作用。我已掌舵一小时，感觉已掌握了整个状况，我把全身所有细胞都调动起来应对现状，我觉得自己应该继续掌舵下去。

“我们停掉轮班，”我喊道，“今晚由我和米克来掌舵。”不知道从哪里来的巨浪从船的侧面袭来，我们都稳住自己抵抗这个袭击。然后我继续说：“我希望你们三个一起去船上的那个小空间里休息。明早我会需要你们的力量。”

这一次完全是我个人的决定，没有经过集体讨论。

在暴风雨越来越大的时候我和其他人一样害怕。现在大海放肆地袭击我们，黑暗中巨浪不断地侵袭着，我们全身湿透，承受着来自四面八方的狂风暴雨。但是现在，在这个八级飓风中，在距离陆地数百英里的地方，我感到那股奇怪而坚定的意志力又回来了。

所以我继续掌舵。内心涌出激动的情绪，但是我清楚自己和米克在做什么。我俩将一起带着这艘船走出暴风雨和黑夜。只要我们让这船坚持住不被打翻，就能把它带到港口。我需要其他人休息好，以便在天亮后接班。现在我只需要我的老伙计米克和我在一起，陪着我。

我并不想夜间掌舵的时候有任何闪失，我们的失误率要从10%降到2%。一个错误，一个打滑，这艘船可能就被打翻了。即使你做了一千次正确的决定，只要出现一次失误，就很可能丢掉性命。登山曾经向我展示过这个道理。现在我们没有任何犯错的余地，误判巨浪的方向，紧张地将快艇直挺挺撞上前面高高的水墙，都是不允许的错误。亲自掌舵是我确保我们安然度过漆黑夜晚的唯一方式。

是我催着大家离开格陵兰岛，把大家带入这个地狱般的地方，我应该把大家平安带出去。为了保护好朋友们的生命，现在我一点倦意都没有。

每次到达安全海港之前，我们都感觉自己得到了上帝的眷顾。大马路既坚实又稳固，走在上面不会发生什么意外。但是海洋截然不同，它翻滚不停而且不可预测，你完全无法预知它下一秒的举动。当你乘着一艘小船往大海深处去，就像被当作祭品送给大海，你的最终命运掌握在大海这头怪兽的手里。

这就是我对大海的感觉，我们是大海的祭品，就像小时候，妈妈给我们读的少儿读物里的英雄们，我身体里每一个细胞都渴望我能够毫发无损地安全回家，再一次将妻儿紧紧拥入怀中。

我和米克齐心协力，期望渡过这次难关。

米克后来回忆道：

那是个正确的决定。我们当时在将近8米高的巨浪里挣扎，当夜越来越深时，海浪也越来越高大凶残。我和贝尔刚值完班，但是贝尔学会了如何应对这种情况，他已经可以很好地感知这艘船和这片海了，整晚由我俩继续值班是比较明智的决定，这比让每个人都尝试从零开始要好得多。

经过了前一小时，出于无奈，我开始试验船尾的倒车罩。这是一个很大的罩子，让它盖过喷射槽的水流，就能让快艇有效倒退。但是我们都知道，如果让它稍微盖住喷气口的话，就可以轻轻将船头压回海里。如果压得更低，那就完全不一样了，艇会更加平稳，在大浪中仍能稳步前行，而不是在浪尖上被摔得东倒西歪，快艇能切过大浪的正面，继续向前；当艇越过浪头时，这个罩子会整个没入海水中，将船头大力下拉，从巨浪另一边顺势而下。我们的速度可能也会很大幅度地降下来，但是快艇会稳稳地驶过巨浪表面。

一切都在掌控中：感受罩子的上下移动和倾斜角度，不同时刻采取不同的掌舵方式。船以18.5千米/小时的速度在浪中穿行，经过反复试验，我们掌握了如何使用这个罩子发挥积极作用。

当浪从正面袭来的时候，我就把罩子压低，如此，在海浪企图将我们连船带人抛起的时候，就能把船头逼进海里。这的确起了作用，海浪撞击的力量明显减弱了。

我们已经接近临界点了，很快就要做出妥协了。我们的船无法一直承受这样的折腾，可能会发生故障。在海浪对船的撞击中，引擎过度运转，每一声嘎吱声都让我们屏住呼吸，直到它恢复正常。这个罩子起到了很大的作用：从残暴的大海手里，我们拿回了一些控制权。

这坚定了我一直掌舵到天亮的决心。看起来我掌握了海浪的节奏和动态，船依旧在大海里昂首挺立，我也不打算让它倒下去。

我决定掌舵并不是要当什么英雄，只是不想死罢了。

我脑子里只有一个目标，把这艘船拉出黑夜带到港口，甚至不是为了当什么最好的舵手。我压根就不是好舵手，安迪和奈杰尔都比我强。但就在此刻，我感觉可以掌控当时的情况，我的直觉告诉我要撑下去。

所以我就那么做了。

凌晨 3 点，米克和我还在肾上腺素驱动下决心保持船的平衡。我们身上的每一根神经都将疲倦化为动力，反抗着脚下的这片海。

突然，我们的船同时受到两股巨浪的牵制。两股汹涌的水墙在我们头顶相撞。“亚诺探险”号开始剧烈地向右侧倾斜，然后呈螺旋状移动。我清楚地记得当时我认为它会翻，但是它再一次往上行。那个小空间里的三个家伙被颠得老高，离那层浸湿的塑胶板有大约 10 厘米那么远，当船再次摔进水里的时候他们撞成了一团。

米克被巨浪冲起，水的力量直接把他冲到了我身上。我们都抓住身边固定的东西。在黑暗中，在看不见的恐惧中，我又抓住了方向盘，疯狂地尝试着猜出下一个恐怖的浪会从哪个方向过来。我们就像拳击台上的盲人一样，孤独而害怕，承受着来自四面八方的攻击。

一遍又一遍地，我们像一根羽毛一样被海浪捡起来，又被扔回水面上。合起来约有 7 吨的快艇和燃料就好像被巨浪从二楼高的地方狠狠摔下来。

电子设备不断遭受冲击并且被船里灌进来的海水长期浸泡，在这双重折磨下我不知道它们还能够坚持多久。

这是我人生中最惊恐的一刻，我从来没有这么绝望地想要活下去。

我们前进的速度几乎降到了零，但是我们还有那么远的距离要走。天气越来越坏，丝毫不见好转，我开始想这快艇到底还可以支撑多久。

如果我们翻船了呢？

我开始回想潜水训练中的知识，我们在北海水域里可以坚持15分钟。但在北极圈南边的这片冰冷的海域里，我们能坚持的时间恐怕会更短。我们知道翻船时的求生步骤：尽量爬到翻覆的船尾，大家紧靠在一起。如果翻船的时候你被海浪冲散了，可能就会消失在海浪中，并命丧于此。

我记得我回头看到了一脸惊恐的查理，他脸色煞白，眼睛似乎盯着千里之外的地方，当他转眼看着我时，我看到他眼中的迷茫、空洞。海浪溅到他脸上的时候，他甚至无法把嘴里的水吐出来。他就无助地躺在那里，仿佛已经超脱。

奈杰尔在躺椅上，一手拿刀一手拿信号弹，他看起来相当紧张、害怕。我又回头看着舵。短短3秒我看到了我需要的一切。

时间过得非常慢，但是所有的事情在我脑中飞速地碰撞着。在海和浪之间我看见了熟悉的脸。我拍了拍米克，只想确定他还在那里。

我疲惫不堪，但我需要强打精神。

船上唯一的光就是屏幕上发出的昏暗的绿光，对我来说已经足够照亮我想看到的了，在控制台旁边的那张塑封相片里，莎拉正抱着小杰西对我笑。

我从来也没有这么害怕会再也见不到他们。我感到有一些难受，看着杰西，我的小儿子，我的心都要碎了。“我怎么会陷入这种境地？”我喃喃自语，“我向你保证我会回家。我会再见到你。”

我开始更大声地对自己说话，几乎是喊着。我在同莎拉说，她是我的至爱。

“我会把这艘船安全地带回去，我会回到你身边。看着我吧，宝贝，这是最后一次了。”

莎拉总是对我很有信心。她认为我比看起来更强大，更善良。她总会护着我并永远站在我这一边。如果我讨厌某个人，她也会。如果我很疲惫，她会安抚我，我焦躁不安的时候她会让我平静下来。我永远都爱她，她是我的最佳伴侣，我不会打破在希斯罗对她的承诺。

我们要永远在一起，在这个世界上共同生活，我们还有个儿子。

我的思绪一下子飞回杰西出生的那个下午，一切都是那样栩栩如生，大家都拼命警告我千万不要看她生产的过程，“跟动物没什么两样”。他们是这么说的。

这是一种怪异的描述，我非常想去陪她。这是我们共同的时刻，我们生命中最盛大的时刻，我知道我们应该在一起。

我感觉世界都静止了。她因子宫收缩疼痛不已的时候，我紧握她的手。在她如此虚弱的时候，不知道为什么，却又露出坚毅的神情，散发着女性的光辉。如此美丽，一点也不像动物。我见证的远比一个孩子的出世更多，我见证了一位女性的诞生——莎拉。

这就是我的家庭，我一直梦想的。他俩看上去都很虚弱，筋疲力尽地躺在那里。我们早就想叫他杰西。莎拉说这是根据《圣经》中大卫王的父亲而取的。大卫王可不是简单的人物。他还只是个孩子的时候就杀死了巨人歌利亚。我很喜欢这个名字，因为它让我想起《正义前锋》里面的杰西叔叔——穿着粗蓝布工装，留着一大把脏脏的白胡子。

“杰西”也意味着“上帝的礼物”，这就是我们对他的感觉。

当我在医院看着他们睡着时，心中油然而生的那种保护他们的冲动几乎把我淹没。我可以为他们做任何事，甚至可以为他们付出生命，这是我从未有过的感受。

现在在这里，在漆黑的暴风雨里，万般疲惫，湿冷害怕。我觉得似乎有人在问我：“你现在还可以为他们活下去吗？”

“打起精神来，贝尔，我们一定可以挺过去的。”米克冲着我的耳朵大喊，一直捶打我的后背，“更艰难的我们都经历过，都活下来了。我们这次也能做到。我们一定能战胜难关……以后我们再也不出海了！”说着他又冲我后背来了一掌。

然后，米克翻了翻那个浸湿的食物袋，拿出一罐提神饮料，痛快地喝了下去，然后他抬起我的帽檐，我张开嘴仰起头，好让他把这个咖啡因饮料灌到我的喉咙里，它迅速被我的身体吸收了。

“加油，贝尔，你做得很棒，坚持下去！我们能做到，继续向前。”

肾上腺素在我们身体里发挥作用，整晚我们都在互相喊话，互相拍打，互相鼓励。不知不觉中，我们还在继续前进。

我和米克自 8 岁那年就是怀特岛上的玩伴，我们之间有特殊的默契。这种默契在学校中建立，在寒冷的珠穆朗玛峰东南山脉他几乎死掉的时候，越来越坚固。现在在这不可预知的北大西洋冰冷刺骨的海水中，我们再度生死与共。

当我们在控制台坚守着各自战场的时候，另外三个人挤在小空间里，绝望地和自己脑中的恐惧做斗争。

查理后来回忆说：

大约有 10 小时时间，我确信我要死了。那绝不是简单的害怕；我确信，我要走到生命的尽头了。

它不是“是否”的问题，而是“何时”的问题，因为我真的相信这艘船会翻。

奇怪的是，我之前已经预见了这种濒死的体验。在探险之前，我会在曼彻斯特的家旁边的街道上慢跑来锻炼身体，当我需要动力来加把劲的时候，我就会想象自己被扔进冰水里，需要游回到船上。那个场景在我的脑海中非常清晰，现在看起来，这一幕即将成为现实。

在某些方面，溺水听起来很轻松。这有点病态，我知道的。但是待在水里，慢慢漂走，渐渐对周围的一切感到麻木，再也不用担心银行的杂事了。我得承认这个想法对我而言的确是挺轻松的。

然而，真正到了生死攸关的时刻，人类自我保护的本能就会发挥作用。我想起我所列的死前必完成的事情，我可不想现在就死在这里，我不要轻易地放弃。说真的，对这种思维的转变我有些吃惊。我想到了我的至亲：他们占据了我的脑海，作用非常大。这是相当务实的想法，绝不是感情用事。当时我就下定决心：我不想死，我要撑过去。

对我来说，时间过得非常快。如果你让一个人坐在角落，开始的10分钟会很慢，但之后时间会很快过去。我看到贝尔和米克互相捶着对方并互相咆哮着，虽然我不知道他们在干什么，但当时情况开始恶化，他们摇身变成军人了。他们都很有实际经验而且令人佩服，但我内心仍然充满恐惧。

奈杰尔挤在查理的旁边，两人几乎分不出谁是谁，奈杰尔在寒冷和思绪中发抖。

他后来回忆道：

我理解贝尔掌舵整晚的决定。他觉得在那种情况下这就是他要担的责任。并且，这意味着我可以一动不动，就是这样。

然而，我最关心的是船会翻这件事，同时我在思考怎样从我现在待的地方逃生。我想这个过程会发生得非常快，所以我的想法是绕到船尾，把充气救生筏从存放的地方拿出来，然后帮助任何可能困在里面的人。我们会放出应急无线电示位标遇险信号，然后用高频航海对讲机求救。

这就是我的计划，但是躺在船上的这个小空间里，我知道这都是徒劳。如果船翻了，毫无疑问最终我们就是海上的五具尸体，这没有什么可怀疑的。我们距离大陆还有至少322千米的距离，而且周围没有任何船只经过。

我并不知道到底什么样的巨浪可以弄翻快艇，但是我觉得每一次巨浪都可以让它颠覆。它被高高地抛上去然后又被重重地扔下来，再被巨浪撞击一下侧面。我从来没有像现在这样想身在别处。我并非虔诚的信徒，但我发现自己在祈祷。

我祈祷着，我们都在祈祷，为了我们的生命。

万幸，不知道什么原因，我们维持住了，没有翻船。

黎明就像永远不会到来，这是我见过的最漆黑的一夜。米克和我想象着黎明就在眼前，在前面的东方，如此我们就可以说服自己，我们可以见到黎明。但这总是幻觉，甚至更糟的是会有白花花的水墙在另一边等着我们。

黎明到来会带来光明，这就意味着我们可以看清楚这片海。

终于，东方泛起了鱼肚白。米克和我肩并肩一起看那黎明慢慢爬出远方的地平线。风还是很猛烈，但我们知道自己最大的敌人——黑暗，已经慢慢退去了。

我的视线落在船身上一张塑封卡片上，它贴在控制台上，就在莎拉和杰西的照片旁边，上面写着："每一天的结束，都带来新的开始。"

2003年8月8日，星期五，清晨，丹麦海峡的破晓对我们而言确实是全新的开始。我让米克把大家都叫过来然后抱作一团，我想鼓励鼓励他们。现在我们大家能够渡过这一难关了，已经看到希望了。我们一起经历了地狱般的磨难，但是我觉得我们就要扭转局势了。

我们紧扣在一起，大家都冻僵了，在小空间旁的其他人蹲在我们的后面。当我转向他们的时候，我感到黎明的寒意打在我的脸上。当时是早上 5 点 15 分。大家依然穿着全副装备，戴着头盔，挤在这艘小船上，但都已经筋疲力尽浑身湿透，大海仍波涛汹涌。

“伙计们，”我大喊，以便他们可以听到，“首先，我很抱歉打破了排班制度。我发现了一种控制船的方法，用后面那个倒车罩去控制它，所以，我想继续前进好过在半夜停下来向大家解释怎样去做。

“我知道对大家来说这是艰难寒冷的一夜，我们一定会挺过去。现在天亮了，大海失去了它最强有力的同伙 —— 黑暗。我们绝对能抵抗住暴风雨的侵袭，我们一定会抵达冰岛。

“只有两件事可以阻止我们。

“第一，就是燃料耗尽。但这不会发生，安迪在控制着，我们有足够的燃料可以抵达冰岛。查理，请你帮助他，照顾他，提醒他吃东西，帮他控制燃料系统。安迪，这最后的几百千米，我们需要你全神贯注、发挥专长，带我们到达冰岛。”

安迪点了点头。

“第二，是翻船。但我告诉你们，如果我们一直集中精力，正确地掌舵，它不会翻的。不论谁在掌舵，都要打起 120% 的精神。以前我们允许掌舵有误差，但是在现在这片海上我们不可以有。

“从现在开始，我们继续回到轮班制。每个人只掌舵半小时，而且我们要互相帮助，我们都要比以往更投入。如果我们这么做，就能在夜晚到来前到达冰岛。”

我花了几分钟，告诉每个人如何用罩子来减轻船的颠簸。大家都看到了快艇的反抗，在波浪袭来的时候，它勇敢回应，乘浪前行。

查理后来形容我的整个讲话“有丘吉尔风格”。我不确定这是真的，但我只是试着让大家坚持住，再多坚持一会儿。

米克和我的体力已完全透支，我们瘫倒在小空间里。奈杰尔和安迪开始掌舵。查理告诉我，这个阶段他可不想参与，他不认为此时他有能力担起掌舵的大任。我很佩服他能坦率地说出来。现在安迪和奈杰尔成为船上的核心人物了，我们的生命都掌握在他们手上。查理像以往一样，给他们提供巧克力和水，让他们保持精神。

我们齐心协力度过了最长的一夜。

在伦敦，我们的亲朋好友将要经历他们人生中最长的一天。

11

音信全无

你当刚强壮胆，不要惧怕，也不要惊惶，因为你无论往哪里去，耶和华你的神必与你同在。

——《约书亚记》（1：9）

我们说过早上 8 点 30 分会跟伦敦的总部联系。

但这已经是不可能的了。

大海的肆虐不仅使我们身心饱受折磨，也给我们的设备造成严重损伤——罗盘、无线电和卫星电话几乎无一幸免。我们设法度过了八级飓风的黑夜，但是电子设备就没这么幸运了，一个接着一个停止了工作。

天快亮时，只剩下导航仪和引擎还在正常运转，没有电，我们无法给卫星电话充电，因此也无法打电话回英国总部，对我们的家人、亲友、伦敦总部的同事来说，我们音信全无，他们却束手无策。

海浪还具有致命的威胁，风力仍旧强劲，即使天亮了，我们可以看清海浪的方向，但我们依然需要奋力为生存战斗。

没有宝贵的电力，我们也无法确认定位系统还在工作。

事后我们得知，定位系统也出了故障。我们从屏幕上完全消失了，就是那样——完全消失了。

我们是在凌晨 3 点 16 分失去了电力，就是那个时候定位装置停止发送信号，不再显示我们的准确位置和速度。

我们知道有很多人，每天有 3 万人——最重要的是包括我们的家人和朋友——都在网上实时关注着我们的进展状况。他们已经习惯登录网站查看我们最新的位置信息，每 30 分钟就会由我们的定位仪器播报一次。凌晨 3 点 16 分，屏幕上信号标志停止显示，然后我们就突然消失了。

在英国，大家早晨起来，发现我们这里肯定出了问题。

后来莎拉回忆道：

我开始对上网查看贝尔的最新信息着了魔。母亲也是。自从贝尔去探险后，我就搬到乡下和她同住。星期五早晨8点45分，我们像往常一样登录了网站，但我随即发现有些不对劲，从凌晨3点起，他们的位置再也没有更新过。我觉得有点奇怪，不过以前也出现过这样奇怪的间歇，所以我也没怎么惊慌。

我打电话给克罗伊，她告诉我不用担心。她说米克凌晨2点30分打过电话，保证早上8点30分会打电话给她。她没有提及米克告诉她他们遇到八级飓风的事。所以我断定一切都还好。克罗伊向我保证会在收到他们的消息后第一时间联系我。

我当时忙着收拾东西，因为我们要开车去伦敦给杰西做新生儿八周检查，但我注意到早上8点30分时，克罗伊并没有来电话。我不想多事让人讨厌，却开始有点担心，于是早上9点30分我打电话给她，她告诉我他们还没有联系她。

克罗伊发现自己身陷噩梦之中。她与我们的家人联络，向他们保证所有事情都好，解释说之前我们就已提前通知在那么偏北的地方，定位装置有可能失灵，也许就是那个东西出了问题。她也试着把这些信息提供给宾法特上校，她需要弄清楚我们到底发生了什么事。她已经束手无策了，开始变得格外担心。

安迪·比林当时在伦敦码头，我们的驳船上，他把自己扔进茫茫的信息中，过滤掉一些无用的信息，尝试确定我们可能发生了什么。他联系海洋追踪公司、定位系统制造商。他们也在自己的网站上登出一条可靠的消息，解释定位系统因航向北极圈而受到干扰。克罗伊还联系了动力海洋公司的肖恩·怀特，了解关于船上电子系统的信息。他给了她皇马海洋船业公司工程师的电话，他是当时调试这个定位系统的人，不过当时他正在度假。

与此同时，我们仍然稳步地慢速前进，情况很明显：远在家乡，很多人都在寻找我们的下落。

早上6点，宾法特上校登录网站，看到我们的定位点一直静止不动，他马上采取了行动——这是他挺身而出的时刻。他以前常常说，如果我们遇到了什么麻烦，他会马上放下手中的一切来营救我们。他比克罗伊和安迪都更了解大海和救援流程。我知道他总会在幕后时刻准备支援我们。

威利后来回忆道：

我们从早上6点就开始分析。当时情况紧急，可以算是性命攸关。如果我们提出要求，并且同意付款，冰岛救援队会立刻派出救援队前往搜救。在这漫长而忙碌的一天里，局势还是由我们来控制的。

我的第一反应是探险队员没有发出应急无线电示位标紧急呼叫求救，所以局势还可能在他们掌握中。我没有过多担心。尽管贝尔早上8点30分没有像他保证的那样打来电话，而且在队伍出发之前我提醒过他们，如果船在暴风雨中翻了，那游回船上放出应急无线电示位标将会变得非常之难。但是，我试着让自己别去想那种状况。

我们发现他们定位仪上的电压减缓已经有几小时了，如果他们是电子仪器出现了故障，就不仅能解释为什么定位器没了信号，也能解释为什么没有用卫星电话联系我们。上午已经过了大半，铱卫星科技公司的人告诉我们，上午10点30分探险队员曾经试着打电话给我们，但是没有接通。

当然，此刻我们在设想各种有可能的应对方案。在大海上孤军奋战的他们，可能会面临任何状况。在伦敦总部的同事，特别是克罗伊和安迪，在后方做了大量的工作，把一切安排得井井有条。

我的确试着打过电话，尽管比原定的时间晚了一些，在暴风雨中并不怎么适宜打电话。我们照例先停下快艇，然后爬进控制台下的那个洞里，用湿冷的手打开接收器。但是我试了一遍又一遍，一直没有接通。我感到很绝望，最后试了一次，还是无法接通。

我不知道为什么打不通，但也没有其他选择，只能放弃。只能是一边继续前进一边祈祷。

8月8日，星期五，伦敦最炎热的一天，气温超过了37.7摄氏度。但是身在丹麦海峡的我们，依然处在严寒中，高气压正笼罩在伦敦上空，根本不移动，这导致我们所处的位置（向北1609千米）出现了极深的低气压。我们全身湿冷，直打哆嗦，海水仍旧从四面八方翻滚而来，如成群白马般的巨浪袭向我们。不过安迪和查理的掌舵水平真是一流，快艇朝着既定方向前行，一直保持在正确的航线上。不时卷起的冰冷巨浪，毫不留情地扑向快艇，但我们仍然屹立不动。

大家不论是心理上还是生理上，都已经筋疲力尽，但我们还在坚持，偶尔加速到25.9千米/小时或27.8千米/小时，但随即降回14.8千米/小时或16.7千米/小时。

我们彼此并没有交谈，但是我可以感到夜晚的恐怖已经悄然退去。我们深知只要保持头脑清醒，就能够安全抵达冰岛。

遗憾的是，伦敦没有接到任何关于我们的音信，莎拉和其他人无法达成共识。她一路飙回伦敦，但是后座上的杰西有些不适，一直哭闹个不停，她心中开始感到不安，甚至无力思考会发生什么不幸。

莎拉后来回忆：

我在上午11点前抵达驳船，安迪·比林已经在那里了。电话响了，因为离得近我就接了。是个叫霍华德的男人，海洋追踪公司负责定位工作的，说是找克罗伊，我说我是贝尔的太太，他解释说可能是电池没电了。他不肯告诉我为什么电池会没电，即便如此我也一下猜出了原因，电池出毛病是因为它沾水了。我知道电池是专为这艘船设计的，所以到底发生了什么？在海里翻船这件事我想都不愿意去想。

我坚持等下去，但是越来越不在状态。天气很热，我几乎没吃东西。我带杰西去看医生，情况不是很乐观，医生告诉我，他的髋关节可能有点问题。这是压倒我的最后一根稻草，我的眼泪一下子飙了出来。在高峰期的车流中，我一路哭着开回母亲家。

到母亲家的时候，贝尔仍然音信全无。我坐在外面哭着，打给克罗伊说一定是出了什么事，贝尔说他会打电话的，如果他说过他就一定会打的。我的腿一直抖个不停。

后来母亲也开始哭了，我问她："你为什么要哭？"说完，我哭得更凶了。

威利打电话来问我有没有打电话给贝尔的母亲萨莉。我说还没有呢，因为她在怀特岛度假，而我并不想破坏这一切，最起码等我们有了确定的消息，不论好坏，我都不想先惊动他们。我当时非常害怕，害怕真发生不幸。

当这度日如年的一天快要结束的时候，伦敦总部的同事努力让我们的家属保持冷静，并再三保证，他们一定会弄清事情的真相，并会把得到的消息第一时间通知家属。

克罗伊、安迪和威利达成共识，一致同意：第一，应急无线电示位标没有发出来，意味着他们可能没有遇难；第二，电子仪器可能出现了故障；第三，尽管定位器在3点就停止了工作，但10点30分他们仍然尝试使用卫星电话，就说明至少截止那个时候他们还没有问题；第四，任何专业的救援队都可以处理这些情况。

但有件事让威利放心不下。他与海军气象中心联系，搜集关于海上的天气情况，气象中心的同仁告诉他，系统失灵是因为飓风。他感谢他们提供的信息，但他甚至不敢想象我们是如何在那里和飓风搏斗的，作为服役30年的皇家海军军官，他知道海上是什么样子的。

与此同时，我们还在继续挺进，进程很缓慢，但是还算是有所进展。然而，我开始有些担心奈杰尔，他看上去筋疲力尽，行动有些迟缓。

从探险之初，奈杰尔完全超出了我对他的预期。他从来没有经历过比这更加艰苦的情况了，但他一次也没有抱怨或大惊小怪，很快就全力以赴地适应了，而且强大得不可思议。奈杰尔是那种典型的外柔内刚、不抱怨而且勇敢的大不列颠英雄，是那种可以在战争中参加北极巡逻队，经年累月地穿着粗呢大衣站在小型舰艇上、不想被注意到、只是做着他自己的工作的勇士。奈杰尔，一个安静聪明又幽默坚韧的英国硬汉。

从圣玛丽港到格陵兰岛那段航程的最后，奈杰尔绝对是耗尽了精力，和其他人一样，他太需要休息了。但随后出现的天气窗口让他的希望落空了。

当我们从格陵兰岛出发的时候，他靴子还是湿的、浑身依然酸痛。他并没有抱怨，因为他本来就不是那样的人，他会默默地忍受所有的不适。

“奈杰尔，你怎么样啊，伙计？”我拍了拍他的后背问道。

他动了一下，然后小声说他很好。

我和他躺了一会儿，不时抱着他，就是想靠近一点儿。我们在这波涛汹涌开阔无垠的大海上挣扎，经历了生命中最恐怖的时刻，随着时间一分又一分、一小时又一小时地过去，大家一起撑了下来。虽然现在风依然冷得能把人冻僵，我们还未完全脱险，但距离冰岛只有大约193千米了。

奈杰尔后来回忆道：

感觉到冷是一回事，但是我已经开始出现幻觉了。我半梦半醒，做了一个印象深刻的梦。有一次，我感觉父母就在我身边。在暴风雨肆虐的那个夜晚，我看见了更离奇的景象：我清楚地看到一个老人坐在船边。他大约70岁，穿了一件黄运动衫和米黄的裤子，像极了鲍勃·霍普。他看起来像攀绳梯从天而降，尽管还下着雨，可他全身没有一滴水。

“你想和我一起走吗？”那个老人问我。

“不，我可不愿意。”我回答他。

然后他笑了笑就消失了。我不知道他是不是天使，或者他就是鲍勃·霍普！真是太奇怪了，但也挺好的，这件事之后我就不怎么担心了。

我只是希望身体可以变得干燥、暖和。

现在回想起来，我确定对奈杰尔而言那是个紧要关头。我们都需要一个保护天使来照看我们，我想那晚，大家都受到了庇护，感受到了一股让人安定的力量。也许在那夜、那片海域，冥冥之中，有我们所不知道的力量在暗中协助我们。希望如此。

我与奈杰尔紧紧地靠在一起，伸手够到录音机。我的手还在颤抖，皮肤全都变成白色，就像连续泡了三天的澡，我猜大家的情况都是一样的吧。

所有的动作做起来都相当吃力，即便只是用颤抖的手指打开录音机。时间似乎过得很慢，我只盼望这段旅程赶紧结束，快点到达冰岛，给莎拉打电话告诉她我没事。从星期二晚上开始我就没有和她通过话了，而现在已经是将近星期五的晚上。我知道如果长时间不联系她，她会陷入绝望。

说每个词都很费劲，我一字一句慢慢地说：

天啊，这真是一场硬仗。大家在一起经历了这么多磨难，所有人都筋疲力尽，也无计可施，卫星电话和无线电都不能用了。我们就像穿过炼狱，要从它的另一边出来。我记得可能是丘吉尔说过：如果你正在穿过地狱，勇往直前吧！

这是我们队员这段时间行动的最佳写照，我为他们感到骄傲。他们只是普通人，却陷入了如此可怕的险境，要凭着勇气脱困。他们并不是专业的冒险家或探险家，他们有普通的工作，这次探险结束了，他们就会回去接着工作，但是没有人知道他们在大海上经历了怎样的痛苦。“这个夏天过得好吗，奈杰尔？”也许当他回去后大家会这样问他！但这些家伙都绝顶聪明，沉静、勇敢，令人敬畏，有时候他们也很豁达……总之，就是与众不同。

我转向奈杰尔。他睁着眼，看起来似乎好些了。

“奈杰尔，你不觉得很冷吧，是不是？”我提高嗓门，声音盖过引擎的轰鸣声，对他大喊，“你的手指和脚趾还能动吗？”

“不太行，”他回答我，“我的脚趾头从拉布拉多海起就一直是木的。”

这可不太妙。船上这个小空间里并不是谈论医学细节的好地方，但是奈杰尔告诉我，在我们去格陵兰岛的路上，从第一次暴风雨的时候开始，奈杰尔的手指或者脚趾就失去感觉，在纳诺塔里克他也没有机会恢复过来，他的状况正在恶化。

“贝尔，你认为出了什么问题？”他略带回避的，过了几天之后才来问我。

“听起来你得了冻疮。”我回答他，“没有冻伤那么严重，但是也挺糟糕的。”

“哦，”奈杰尔问，“通常多长时间能好起来？”

“嗯。”我张了张嘴却停了一下，因为我知道这是个坏消息，“通常永远都不会好，能好转的概率少之又少。”

“啊，谢了，伙计，”奈杰尔笑笑说，“你对病人的态度可真不好。”

这是典型的奈杰尔式回应。他并不很在意脚趾的感觉能不能全部恢复。他说自己并不疼，而且至少这件事可以让他一直记得拉布拉多海。

我记得曾经有人告诉我，高山和大海常常给我们留下些回忆。也许这就是拉布拉多海给我们的馈赠。

远在伦敦的宾法特上校，此时他知道，再有不到3小时，我们那里将陷入黑暗了，他不断思考着，到底应该什么时候派出救援队到海上搜救我们？

仍然没有任何关于我们的消息。这天似乎格外漫长，所有队员的家人都非常担心。除了我的母亲，因为没人想破坏她在怀特岛度假的好心情！没有任何确切的消息之前，大家决定还是对她保密。

实际上，我母亲第一个知道我们出了问题：因为当地的新闻媒体刊出了一则新闻，标题赫然写着“北极英雄身陷恐怖飓风”，而且错字连篇。不论谁写了这个，一定是在负责实时追踪我们的新闻媒体网站上，看到了关于我们的实时消息。

自从父亲过世之后，每年夏天母亲都回怀特岛放松心情。失去丈夫已经是掉进无尽的深渊了，谁想到她的儿子又身陷麻烦。她的天顿时塌了下来，她冲回家里找到我的姐姐劳拉，希望能寻求一些支持和安慰。

那个时候米克的父母也正好在怀特岛，消息很快就传开了。他们非常着急，都渴望能够得到更多消息。这个本应明媚的夏天变得黯然无光。

然而，宾法特上校依然是发号施令的关键人物，此刻，他正在炎热的索伦特海峡，在他的船上，手机静静地放在他的膝盖上。

威利后来回忆道：

克罗伊和安迪已经联系上了冰岛海岸护卫队，询问当地海上和空中可派往那片水域搜救的设施信息。当天下午，海岸护卫队说他们会派出一个救援队，但是暗示说经费不足，相关费用将由我们来出。他们建议我们晚上7点前做出最终决定，这个时间足够他们去搜寻船只最后出现的位置，并在天黑之前赶回来。

我觉得他们太草率了。他们之所以将最后出发时间定在晚上7点，是基于派飞机搜救小组的考量，我觉得派飞机搜寻既有效又经济。最重要的是，在较短的时间里，能够覆盖最大的搜救面积。

我们一整天都在评估各种可能性，海军气象中心的工作人员给了我们很大的帮助，他们为我们提供最新的气象预报，关于风速和风向、浪高和洋流，这一切都使我们得以充分分析现在的情况，做出最佳的判断。

最终，把所有的情况都汇总在一起，我们决定把搜救时间推迟到晚上7点30分。如果到那个时候还没有任何消息，我们就派出一架飞机进行搜救。我们会付相关的费用。

当米克的父母在电话里得知这个消息的时候，他们正在特易购卖场买东西。知道了搜救需要费用后，米克的母亲萨莉平静地说："不论付出什么代价，哪怕是卖房子卖地也要救米克。那可是我们的儿子啊！"

克罗伊和安迪·比林仍一起待在艇上，互相打气，彼此支持着度过了这难挨的一天。

克罗伊后来回忆说：

对我们来说，这感觉太不真实了，我们坐在这个疯狂冒险家的家里，周围都是他和家人的照片，照片上的人都笑得很开心，可我的脑海中却只有贝尔和他的团队在北极海域上生死未卜。我们要尽一切可能让他们平安归来。但事实上，我们能做的非常之少。

莎拉事后回忆说：

晚上6点30分，我的情绪非常糟糕。一个朋友打电话来问情况怎么样，我说：“事实上，并不像看起来的那么好。”我当时很害怕，脑子里闪过贝尔脸朝下漂在海面上、渐行渐远的画面，然后我就开始想没有了他，我和杰西该怎么应对一切。我的思绪完全不受控制，我只能任自己乱想。

后来我和姐姐通话，几乎是在说服自己相信贝尔不会再回来了。我整个人惊魂未定，震惊不已。

我得做点什么，于是我打电话给威利，告诉他要马上派救援飞机。我说我知道他和克罗伊是最关心贝尔的，但他们跟贝尔不像我跟他这么亲。我当时的态度甚至有点强人所难，但我们需要知道到底发生了什么。我只是觉得稍微拖延一点儿，就可能会有无法挽回的致命遗憾。

此刻，大海上正是黄昏时分，安迪和我紧紧地盯着海图仪。上面很清楚地显示着我们距离冰岛只有大约67千米了。大家聚精会神，直勾勾地盯着那片灰蒙蒙的大海，乌云密布，水沫飞溅，我们什么都看不见。

“这太奇怪了。”安迪说，“我们能从约97千米外看到格陵兰岛，可这个地方在哪里？”

安迪又检查了一遍屏幕，然后再向前望了一眼。

“会不会是这个机器坏掉了？”

“我想不是。”他回答说。

这就奇怪了。

也许读数错了，也许没电的时候有什么地方出了问题，也许停电之后我们应该重新校准全球定位系统标绘仪。我的脑子飞速旋转。这时候我很疲惫也很情绪化，我只是希望这些挣扎是有意义的，我可不想在经历了电子设备的故障后，又发现自己在这浩瀚的大海上迷航了。我不确定我们可以再应对一次危机。

冰岛到底在哪里呢？

这是一个阴云密布的灰色傍晚，天一直下着毛毛细雨，幸而没有雾，所以能见度并不算差，只是有点阴暗，所以像冰岛这么大的地方我们应该能够看得见。大家都盯着海图仪，屏住气看着上面里程数的变化。这简直是太离奇了。

我们在雨中继续挺进，“亚诺探险”号在逐渐减小的浪里不断前行。我们全都打起精神，盯着前方，极目张望，寻找着陆地的迹象。

查理问：“海图仪现在怎么说？”

“还有32千米。”安迪回答他。

我们仍然什么都没看见。大家开始相信，我们已经与冰岛擦肩而过。

奈杰尔回到了船上那个小空间里，他看起来状态很差。我看了他一眼，他显得湿冷而又憔悴。

“我们已经很近了，奈杰尔。”我探过身子和他说。他笑了，把浸湿的柏油帆布拉到腰上，感觉它就像羽绒被而不是一张湿答答的薄防水布。他紧缩成一团，并不是打盹，只是待在那里。我移过去把那张帆布拉得更紧一些，虽然这并没有太大帮助。

但是冰岛到底在哪里呢？

慢慢地，有漆黑的东西出现在我们的视线里。快艇上鸦雀无声，我们不确定那是真的。过了大约一分钟，我们看出来那是庞大而荒凉的陆地，那是雷克雅未克半岛的背风处，冰岛快要到了！

一股难言的喜悦之情突然袭上心头。我们尽力做了那么多，终于大难不死活了下来！大家一起！

我抓住安迪的肩膀然后抱了抱他。在最后的紧要关头，当所有人都出现缺乏睡眠的后遗症后，只有他安静勇敢，表现得像真正的专家。我知道在这最后四分之一的航程，如果没有安迪的支撑，我们是绝不可能平安抵达冰岛的。

安迪后来回忆说：

这真是一次漫长而艰难的航行。老实讲，我真正担心的是，在海浪的不断袭击下，这艘快艇不能正常工作。在这种情况下，任何机械上的故障或失误即便不是致命的，后果也会十分严重。

对浩瀚的大海来讲，我们都太渺小了，这么说或许很谦卑，但是当我需要力量的时候，团队精神给了我战胜大海的勇气。大家互相照看，齐心协力，为了唯一的目标——活下来！

当冰岛出现在眼前的时候，那种如释重负的心情很难用语言表述，这意味着这么多天以来，我第一次可以不用再那么仔细倾听引擎和传送器的声音了。长期不断地听着这种声音，还要拼命地试着从中找出预示出现问题的蛛丝马迹，这太耗费精力，太折磨人了！

保持引擎正常运转是我的职责，在幸运之神的眷顾下，冰岛终于出现在眼前了。

而这时候在英国，宾法特上校简直如坐针毡。

威利后来回忆说：

晚上7点一过，我就亲自打电话给冰岛海岸巡逻队。我问他们，从他们所有的观察点，能否看到一艘黄色小快艇出现在眼前？我想他们能看到大约24千米的海域范围。

他们回复我说看不太清，现在那里有低空云层，下着毛毛细雨，能见度极差。我之前从没有得到这些资讯，了解当地的状况足以让我做出决定。

我有些心烦意乱，在这种天气下，如果固定翼飞机驾驶员能发现他们，就得把握天黑前的每一秒。

早在16小时前和克罗伊通话的时候，那些小伙子就已经又累又怕又郁闷了，我能想象得出他们现在是什么样子。我决定马上派出搜救飞机，起码，那些小伙子需要知道我们在这里监控他们的位置。最重要的是，他们的家人们需要知道他们的丈夫、儿子和兄弟是安全的。

这最漫长的一天，以相当戏剧性方式收场了：

晚上7点26分，在雷克雅未克的飞机场，一架固定翼飞机驶出飞机库，准备起飞往丹麦海峡的特定位置搜寻，也就是星期五凌晨3点16分我们定位仪播报的位置，这是快艇在停电之前发出去的最后位置播报。飞行员被通知去搜寻五个英国男人，希望他们还在一艘黄色的开放式硬底橡皮艇上。

晚上7点28分，贝尔坐在船头，他们距离冰岛西海岸只剩下4.8千米。卫星电话依然无法使用。奈杰尔看着自己的手机，等待进入冰岛网络的覆盖范围，希望能有信号。终于，电话可以使用了！奈杰尔向贝尔大喊并把手机交给他，手机还在防水袋子里。

贝尔在菜单里翻到克罗伊·博伊斯的名字，按下了拨打键。

晚上7点29分，克罗伊和安迪·比林坐在驳船厨房里，因为已经做出决定派出飞机搜救，救援飞机随时都可以出发。他们等待并希望可以快点解决这种令人难受的不确定。

突然，克罗伊的手机响起。当她低头看见“奈杰尔·汤普森”的名字显示在屏幕上时，顿时感到自己的心脏在胸腔里剧烈撞击着。

“嗨，克罗伊，我是贝尔。我用奈杰尔的手机，收到信号了。”

“你在哪里？”

“大约还有15分钟就到冰岛海岸了。”

晚上7点30分，安迪打电话给冰岛海岸护卫队，告诉他们取消固定翼飞机的搜救。消息传达给飞行员们，他们回到飞机库，也许松了口气，也许因为这个警报而感到恼怒。他们当时在停机坪上，等着清除一切障碍物后就起飞，但飞行任务在起飞前几秒钟取消了。

晚上7点31分，莎拉在她母亲家里，用手机给姐姐打电话，她已经很绝望了，这时候家里的座机响了，她母亲接了电话。

“他们没事了，莎拉！”她在走廊里大声喊着，“他们安全抵达了！”

母女俩抱在一起，虽然仍是满脸泪水，但已经不是恐惧的眼泪了，那是欣慰的泪。

直到晚上7点50分，我们才进入雷克雅未克主港口。水面上一个浪都没有，只有小雨噼噼啪啪地落下来，天色灰暗，夜幕低垂。

一艘停泊在港口的巨大破冰船甲板上，有一个老渔民正在帮船下锚，他满不在乎地挥着手，不知道我们从哪里来，都经历了些什么。他继续做着自己的工作，偶尔抽支烟。我们慢慢地开过去。简直不敢相信，我们最终活着到了这里！

我知道雷诺夫·费恩斯先生的箴言仍然别在家里卧室的镜框上。“坚持到最后的才是赢家。”这话一点没错，唯一不同的是，我们没有别的选择，只能坚持下去。在这艘船上，我们无处可藏。

我有些想家，想念我舒适温馨的卧室。

我们停靠在游艇停靠区的木码头旁，大家开始忙着把船绑起来。每个人都已筋疲力尽，没有人来接我们，因为没有人知道我们在哪里。

奈杰尔一边打开一些装备，一边转过来笑着问我：“你猜咱们的朋友里，昨晚和咱们待上5分钟，谁会吐得最厉害？”说完他又一次自顾自地咯咯笑了起来。

我只想了一秒，然后我们对视了一眼，异口同声地说：“卡洛琳和莎拉。”

卡洛琳是莎拉最好的朋友，喜爱航海，但她对航海的喜爱仅止于爱喝加奎宁水的杜松子酒，身边还得有一个穿着白色紧身裤的男人陪着她。

他俩在船上可能会十分惹人注目。这个想法让我们大笑不止。

停在雷克雅未克码头边，我们脸上都写满了如释重负。五个男人上演着壮观的一幕——几个穿得像黄色米其林先生一样的人，浑身皱褶，脸色惨白，体力透支地爬上来，亲吻这个满是柴油和死鱼味道的码头。这一幕真是奇迹，我们做到了。

但我们已经是强弩之末。

威利后来回忆说：

听到他们平安抵达冰岛的消息，我长长地舒了一口气，还及时取消了飞机救援行动。我再也不用去琢磨，到底用米克哪张信用卡去给这次飞行交保证金了！

米克证明自己是不可阻挡的，但我怀疑，那个账单可以让他满是胡茬儿的脸笑容尽失。在雷克雅未克的码头上他热情地抓住我时，我们绝对想不到会有这么个账单。不过我们现在都站在陆地上了，这才是最重要的。

冰冷、变幻莫测的北极海洋已经被我们抛在脑后了，我们将从这里出发驶往北欧海域，我们将不再是离家万里。

12

不再冒险

机会只会青睐那些知道如何追求它的人。

——汉尼拔

在冰岛，我们很快就进入梦乡。大家身心俱疲。从我们到的那一刻起，倾盆大雨和呼啸狂风就没减弱过，我们很庆幸终于离开了大海，感觉就像解脱了。

第一晚午夜，我们醒来，找到那个城市最好的牛排馆，不问价钱就点了鸡尾酒喝。大家都毫不在意这点钱，我们现在是安全、温暖的，而且我们相守在一起。

一进酒店我就给莎拉打了个电话，因为我发疯般地想念她。当我们一起吃喝的时候，我是多么希望她可以和我们在一起：庆祝自己还活着，无忧无虑。我甚至都想不起来，我们喝完酒什么时候才回的酒店。

我愿意放弃一切，只求今晚莎拉能在我身边，我可以用我的手臂环绕着她睡在她身边，我可不是在抱怨今晚奈杰尔和我共用一间屋子，我已经和他在一起太多个晚上了，在大海上，我们蜷缩着抱着一起睡在那个“铁棺材”里。

“你觉得冰岛海岸护卫队是不是太着急了呢？”第二天早晨早饭的时候米克说，仿佛在自言自语。“如果我们再晚到 10 分钟，他们的飞机就起飞了，然后我们就会有一张数千美元的账单，”他的自言自语同他和别人讲的话一样多，“简直没有人比他们动作更麻利了。”他一边说一边吃他的麦片。的确是这样。

在之前漫长的一天里，在我们长时间失联的时候，家里到底发生了什么事情，我们后来才慢慢了解到。这让我觉得很糟，甚至有点内疚。还好一直以来我们都很幸运：我们从暴风雨中活着回来了，更幸运的是救援行动也被及时取消。

我们已两度死里逃生，一次是在拉布拉多海，另一次是在冰岛，现在我们必须确保自己是安全的。我下定决心在接下来的两段航程中，不再冒任何风险了：第一段是从冰岛到法罗群岛，然后再从法罗群岛到苏格兰最北端。

没有人想要所谓的英雄主义。

我们侥幸从死神面前挣脱了两次。对此，我们心怀感恩与谦卑。

那天，当我惨白脱皮的手指终于开始慢慢恢复熟悉的颜色和质地的时候，我溜回了宾馆，开始对着我的录音机喋喋不休起来：

其他人还在楼下聊天，我们待在冰岛已经将近24小时了，我们渐渐恢复了人形。除了引擎的轰鸣声，我们也可以听见其他声音了。对于昨晚发生的一切，大家都历历在目，每个人的内心好像都在慢慢消化过去的一切——我们在那里受到惊吓，真切地感到死亡的恐惧。

真希望一切危险到现在就能结束。我心中有种很强烈的要求，让我们平安完成接下来的航程吧！我想平安回家，我不想让自己的队员再经历一次这样的恐惧，我不想再看到查理坐在躺椅上，脸色吓得惨白，就像是丢了魂，也不想再看到气压计骤降的时候奈杰尔脸上的表情，更不想再体验米克和我掌舵那天晚上不知从何而来的力量。

这一切太紧张，太让人疲惫了。

我们现在需要休息，也要放空一下大脑，这样我们才能计划下两段航程。有一件事是可以肯定的：我们决不会再在天气恶劣和逆风的情况下出海。我不愿再拿大家的生命做赌注了。我需要好天气，顺着海流乘风破浪，如果没有好天气，就等到好天气出现再出海。

大家的想法一致，除非百分百确定天空万里无云，不管怎么威逼利诱，都休想让我们起航。

热情好客的冰岛居民再一次感动了我们，即使是在酒吧遇见的人，都好像很关注冰岛电视新闻简报里关于我们的消息。查理也迫不及待想跟他们聊天，而回应的话无非就是“什么？嗨……是的，我就是船上的那个摄影师，你知道的”。他如入天堂，短短一小时内他就 11 次提到“我的天哪，这些冰岛女人可真美”。

我们待在冰岛的这段时间里，认识了一位航海发烧友，名叫波奇·鲍德松。他热情大方，慷慨无私，不仅关注新闻，甚至打电话给我们在伦敦的总部，表示可以提供任何帮助。波奇请了三天假，我们在雷克雅未克的这段时间，他全程陪伴。

“波奇，我们的这台交流发动机有问题。”

“不用担心。我哥哥的朋友开了一家大型汽车修理厂。我带你们去。”

他说到做到。

波奇说我们几个看起来很糟糕——脸色惨白、筋疲力尽。谢谢你，波奇，我心里这样想。他坚持带我们去天然温泉水疗中心好好放松一下。冰岛人喜欢泡温泉，全身赤裸着泡进温泉里，可以彻底放松身心。查理对我们昨晚看到的冰岛美女赞不绝口，所以非常乐意前往。但是当波奇的一个叫欧玛的朋友也加入的时候，这个活动看起来就不那么有吸引力了，因为那位朋友体形壮硕，各个部分都很健壮。我们还要和他共享一个泉。嗷！查理的如意算盘呐！

在开车回雷克雅未克的路上，大家开心地聊着天。

“波奇，我们还有些装备是湿的，我们把它摊在房间里，宾馆的工作人员都快被我们逼疯了，你知道我们能在什么地方把它晾干吗？”我问道。

“当然，”他回答，“这件事欧玛就能做，他有一家大型工厂。”

想到查理的美梦落空，我在奈杰尔的肋骨上戳了一下，接下来的半小时，我俩都忍不住笑，笑得喘不过气来。

回到宾馆，我们又变得严肃起来，开始解决真正的问题，那就是为下一段航程拿到准确的气象预报，再航行大约926千米就能到达法罗群岛。我们的任务变得简单了，因为我们将要穿过的这片水域有综合详尽的绘图记录数据，这意味着气象预报要比我们在丹麦海峡时候的“估计”要准确可靠得多。

海军气象中心的家伙们说，这片区域此时会有七级的风，他们说的一点也没错——我们坐在这里，窗外的雨水和风正敲打着窗户。他们还说，这是因为高压仍滞留在英国，将这些低压推到北面，他们认为这星期晚些时候天气会有所改善，建议我们那个时候再踏上航程。

米克和我亲自拜访了市郊的冰岛气象中心，他们也告诉我们，此时海上天气极差，大概要到星期三或星期四才会好转。

我们转而咨询第三个气象预报来源：麦克·唐恩，询问他天气是否如此。他深入研究各个细节，得出了和那两个设备齐全的专业气象中心完全一样的结论。要是之前两段航程的预测都能像现在这样一致就好了，但是很难百分百地准确预测到那么偏远、遥远的海上情况。我们在探险之前就知道这是这次冒险中的主要风险因素之一。麦克非常专业而且用心地为我们提供服务，他总是认真谨慎地预测出未来可能的天气形态。我们很幸运，在我们需要的时候，他日以继夜地为我们服务。

“好吧，伙计们。”第一次不用告诉他们第二天一早5点就要出发，我感觉如释重负，“看起来直到星期三，我们都有时间把我们的船修理好。”大家听完后，脸上的表情就像我在他们手里放了一块金子。

“亚诺探险”号简直是一团糟：电子设备都失灵了，到处都是水和柴油，感觉就像有什么人在快艇上擅自扎营居住了一个月。

查理和奈杰尔开始进行小型维修，安迪则花了几乎一天时间，试着解决电子设备的问题。他的结论是巨浪掀过来的时候电池被抛起来造成了短路。后来，我们回到英国，告诉造船的人，他们对此难以置信，他们并没有看到我们的小艇在丹麦海峡遇到了什么情况，不知道船身会被抬起来又被如此暴力地扔出去，以至于电池都从位置上松脱下来。电池如此夸张地掉出来，则证明当时折磨我们的巨浪力度是多么大。

这次“短路”的结果就是我们整个12伏电力系统都失灵了，被切断了与外界的所有联系。这也很容易影响到引擎操作系统，因此我们能够侥幸逃脱一劫平安抵达冰岛，实在是幸运之神的眷顾。

我们越是细致地检查这艘船，就越发现我们有多幸运。这是一种奇怪的第六感，没有人能确切地说出来，但截至目前，它确实是起了很大作用。

波奇的朋友慷慨地让我们使用他的修理厂，在他们的协助下，我们所有的电池都蓄满了电，电力系统终于恢复正常。黄昏时分，大家还在忙着整理装备，修理控制台附近的小型故障，进行最后的收尾工作，可以看到我们的快艇现在已经渐渐恢复成它本来的样子了。

我们在码头上遇到一个叫弗雷德里克的法国人，他是一位环游世界的水手，从斯堪的纳维亚过来，刚刚停进港。他打算横渡北冰洋去格陵兰岛，还在等待天气稍有转机的时候再出发。

“那边看起来怎么样？”他紧张地问道。

“噢，有时候会有些颠簸。”米克漫不经心地回答他。查理摇了摇头，微笑着。

我们还遇到了一艘大型破冰船——海洋研究船“奥瑞诺斯”号的一些船员。它和我们一样刚刚经过格陵兰岛，但是比我们晚了24小时。他们也说情况非常糟糕，同时提到大浪怎样冲过他们的船桥。我抬头看了一眼他们的船桥，比水面足足高了大约10.7米。

我瞟了一眼米克，他同样瞟了我一眼。我们这一次真是侥幸逃过一劫，但是大海不会总让你死里逃生的。

此刻，我们正满怀希望地期盼着能够快点回家。天气也有了好转，再一次检查气象预报之后，我们一致同意星期三早上出发。

在雷克雅未克的最后一晚，我们是在欧乐西公司度过的，这家公司的老板是登山家，他在3年前成为第一个登上珠穆朗玛峰顶峰的冰岛人。他读了关于我们的探险报道，问可不可以过来参观我们的快艇。他年近三十，笑容满面，很显然他明白我们刚经历的痛苦：无论是攀登珠穆朗玛峰还是横渡汪洋大海，所需要的都是一样的——心智、敬畏和一点运气。

“说说看，”他问道，“你为什么决定从加拿大横渡到苏格兰？这不是逆着洋流吗？如果反过来从苏格兰到加拿大，不是更容易一些吗？”

我解释说这是我们回家的方向，航程中遭遇的每一股海浪，每一口吞进的海水，都让我们离家更近一步。我总是希望我们一直在回家的路上。

他露出微笑，理解我们的想法。

小心起见，我决定在去法罗群岛的路线中，中途停在韦斯特曼纳岛加油。这是一小片孤岛，距离雷克雅未克大约129千米远，可以再给我们一次机会检查最新的气象预报，确保天气适宜上路，以保证这最后的航程不会再发生什么惊天动地的大事。

最后一程我可不想出什么差错了。世界最高的山峰上埋葬了那么多登山人，他们成功登顶却死在下山的路上；在战争纪念碑的名单上，又有多少士兵在主要战争中幸存却在最后几次小冲突中丧生。

千万不可掉以轻心。

在雷克雅未克的最后一个早晨，我们的公关人员亚历克斯·雷纳给我打了个电话，几分钟之后，在宾馆楼下的大堂外，我通过手机接受了BBC的电话采访。在这次采访中，我说希望天气可以对我们好一点儿。

“是的……我们可以听到北极的风在你身后呼呼地吹着。”电话那头节目主持人夸张地说。当我解释说，他听到的那些声音并不是他所希望的凛冽的寒风，而是雷克雅未克交通高峰时期主干道上堵车的声音时，他倒是有些吃惊。

我们在冰岛的最后活动就是带着波奇和他的儿子乘着我们的船，在港口附近飞快地转一圈，很巧的是他的儿子也叫贝尔。我们借此表达我们的感激之情，他们也玩得很开心。后来波奇空降伦敦参加我们在圣凯瑟琳码头举行的回家派对，再见到他时，我们的脸都亮了起来，他就像个老朋友。奈杰尔忍不住问他“欧玛的大工厂”现在怎么样了，波奇大笑了起来。

在整个探险过程中，每一次出发都有独特的紧张感，但是离开冰岛的这次有所不同。大家都更加安静，也没讲什么笑话，都专注于做好准备工作。有时，有人会略带一点担心地抬头看看天，就像出发前最后一次检查天气。

一部分是预想前面将会有什么在等着我们，一部分是激动，还有一部分是我们马上就要回家的解脱感——这一时刻总是特别的，我很喜欢这独一无二的氛围，大家各司其职，同心协力。

早上7点刚过，我们的船就驶出了冰岛首都平静的港口。

韦斯特曼纳岛距离这里很近，因此不用运载那么重的燃料。我们加大油门，以大约38.9千米/小时的速度航行在这片温柔的海域上，相比以往开始时由于燃料负担过重，快艇只能以大约22.2千米/小时的速度行驶，现在却能轻轻松松达到大约38.9千米/小时，这是一个让人高兴的变化。

我又拿起录音机说了起来……

现在的一切一帆风顺，快艇工作得很好，所有东西都妥善地放置在柜子里。至于一些小事情，比如说喝水问题，以前在大浪中我们需要把水从放在洞里的塑料桶里抽出来才能喝到，现在不用这么麻烦了。我们一直在不断地学习和进步。

我只祈求这样的好天气能持续下去。我对之前离开克里斯蒂安森王子湾的情况记忆犹新，沿途风景秀丽，好天气持续了12个小时，后来发生了翻天覆地的变化，海上瞬息万变，所以现在我对"好天气"的预报半信半疑，我能感觉到大家都和我有同感。

我们正通过冰岛南边的一个巨大的悬崖，有着稳定的顺风。这点很好，我希望就这样一直一帆风顺，我们就要到了。加油！

到达韦斯特曼纳岛，我们发现这是一个极好的天然海港，那些苍翠繁茂的草，看起来就像用胶水粘在鬼斧神工的峭壁上。港口边仍然弥漫着浓郁的鱼腥味，码头边停泊着成队的大型捕鱼船。这些船全都坚硬无比，洋洋得意地傲视一切，仿佛在向世人宣称，只有他们才能在这变幻莫测的北极海上乘风破浪，所向披靡。

我们按照计划补充了燃料，同时米克给海军气象中心打了电话。他汇报说没有问题，预测将有西风，这就意味着风是直接从我们后面刮过来，吹向法罗群岛。这太理想了，我们可以一路被风推着前进。

当我们绕过这段行程中最后几个岛屿时，冰岛南方冰雪覆盖的平原出现在港口的方向：巨大、宏伟、弥漫着冰寒之气。我们快速穿行在温柔的波浪中，再次回到熟悉的轮班制中。当身后的冰岛渐渐消失的时候，我们进入了四周都是美景的世界，贪婪地欣赏着。

一群海豚出现在我们的视野里，在海浪中愉快地嬉戏着，似乎全世界的鸟儿都飞在我们的上空，想要满足它们的好奇心，看看这片海上的黄色小快艇到底在做什么。这就是我们在大海上航行了大约4023千米后所看到的景象，所有人都很珍惜这难得的时刻。

但是我们依然不敢掉以轻心。我们以前也有过类似经验，从这片大海中，我们学到的最大教训就是：要对大海心存敬畏，决不能将任何事物视为理所当然，你得永远保持警惕和恐惧。

大海是不讲规矩的，它自己就是规矩，随心所欲。海面下总潜伏着一股不可思议的力量。有时候它很友善，但有时它又很残忍。可不论怎么样，它都毫不在意。因为这里就是它的天下。当你觉得你读懂了大海，想要降服它的时候，它就开始反抗了。虽然我们向法罗群岛驶去时风平浪静，但你仍然可以感觉到脚下那股巨大沉默的力量，一想到这股力量能够摧毁一切，我们就感到不寒而栗。

我坐在那里，凝视着苍茫灰暗的大海，内心涌起一种奇特、似是而非的心情：身为人类，我们的一生在这个星球上只不过是一瞬间，我们生存，追逐梦想，希望能活得更有意义；但是大海不同，它比我们伟大得多，它是永恒的，没有尽头的，它残酷无情地翻涌着，变幻莫测。在很多方面，这都让它成了最顶级的竞技场。我们体验了浩瀚大海的肆虐无情，它不经意的玩弄就能让我们化为齑粉，而我们所感受到的只不过是它的一小部分而已。

为什么这样的暴风雨都是紧跟在一段极为平缓安静的天气之后？这只是巧合，还是这片大海在展现它充满生机的那一小部分？毫无疑问，大海触动了我们的灵魂和渴望，吸引着我们投入它的怀抱，以考验我们。

我们脆弱的梦想和求生的本能，也是大自然的一部分。毕竟人类也是从大海中孕育而来的。大海并非时时欢迎我们的到来，但我们是大海的一部分，我们在这里有一席之地。在这安静的时刻，我们应该明白人类并非无足轻重，事实上我们是特别的。我们属于这里，在这个叫作“自然”的巨大角落里，我们也有自己的容身之地。

当快艇朝着东南方向前进，我独自一人坐在船头，内心涌起了这些想法。此刻我有时间去思考体味这些问题，我意识到或许我有两个家：一个在英格兰，与莎拉和杰西在一起，温暖而安全；另一个在这茫茫的荒野，在自然中显得渺小，但自由地活着。也许正是这两个部分，这两个家，成就了现在的我。

突然，我的思绪被控制台旁的谈笑声拉回到了现实。我看到安迪正教查理如何在北半球导航中识别磁变，而查理看起来仍然迷惑不解。

安迪能很精准地使用航海术语 ：“向船头”和“向船尾”、“迎风的”和“背风的”、“帆脚索”和“千米 / 小时”。这些词语都和平常我们使用的英语不同，但是自始至终，查理都没有搞明白过。用“前”、“后”、“左”、“右”、“绳子”和“时速”怎么就不行了？现在他终于爆发。

“让我来用曼彻斯特的用语来教你认识这艘快艇吧。”查理继续带着坏笑，围着船踱步，用安迪的燃料记号笔在船身上相应的地方写下“前”“后”“左”“右”。

安迪绝望得都要哭了，这真是太搞笑了。

夜幕降临的时候，海面上依旧风平浪静。这是探险以来，我们第一次可以一起坐下来欣赏最美好的日落，那耀眼的橘黄色光芒，正一点点被远处深红和钴蓝的地平线吞噬。我们就静静地坐在那里看着，沉浸在自己的思绪和回忆里。

即使是晚上守夜岗的时候，我们也都定定地坐在那里，被北方晴朗美丽的夜空迷住了。

我们探险的时候总希望晚上可以亮些，但乌云好像总是跟着我们一样，每晚都是一片漆黑。但此刻的天空万里无云，大家仰望着流星和满月，海面波光粼粼，让人赞叹不已。查理和我负责凌晨 1 点到 2 点的值班，探险以来，我们第一次觉得在这个“死亡时刻”轮班是一种纯粹的享受。

破晓时分，我们听到轻微的雨声，柔和地落在平静的海面上。在雨中，米克和我坐在船上那个小空间里，聊着以前的军队生活，以及回家后怎么安排度假，这些都是最美好的时光，就连沐浴着霏霏细雨也是一种享受。

当我们距离法罗群岛大约 1.6 千米时，群岛终于从云中现了出来，那些不经修饰的山川和崎岖的岩石被苍翠繁茂的野草点缀着，美不胜收。很快，我们通过了一个巨大的天然岩洞，那是由无情的大海在岩壁上冲刷形成的洞穴，大小刚好可以容下一栋房子。驶进去时，坐在快艇上的我们目瞪口呆，完全被大自然的创作震撼。

当我们的快艇快要驶进托尔斯港时，天空下着大雨，港口附近是一排排的小茅草屋，有些盖在悬崖上，感觉摇摇欲坠。

当地航海俱乐部的一位女士来迎接我们。

“欢迎来到法罗群岛，”她大声说道，“克罗伊刚从伦敦打来电话通知我们了。”

从起航到现在，我们伦敦的同事做事总是很漂亮。

“我们已经安排好你们入住航海俱乐部的事宜，你们就把那当作家吧，希望你们能够满意。”

简直太棒了。在这里，我们可以把装备晾出来，还可以喝杯茶，在地板上打个盹。

我们在当地的酒吧吃过一顿大餐后，给伦敦的同事和海军气象中心都打了电话。不久，五个人就安顿了下来，在航海俱乐部楼上的小屋里睡着了。

关灯后没多久，查理就开始打鼾。

“我不知道哪一个更糟。”奈杰尔躺在地板上，在黑暗中嘟囔着，“是查理的鼻孔，还是大约336千瓦的履带发动机？”

他说得有道理。

13

平安返航

我们是英雄，

我们是逢山开路遇水搭桥的开拓者。

无论艰难险阻，总是要走得更远一些，

翻过白雪覆盖的山头，跨过浪如狮吼的大海。

——英国空勤特种部队信念

说起来有点奇怪，在过去的几个星期，我们全力以赴，只为平安抵达目的地。然而现在，在我们距离苏格兰北海岸只有大约443千米时，我发现自己对于终点就在眼前的事实感伤不已。

我们凌晨3点之前就已醒来，我意识到，这可能是我们最后一次穿上所有的装备和防水衣了。环顾四周，大家都低头沉默不语。

“好了，伙计们，接下来的12小时甚至更久的时间，我需要你们全神贯注。”我们站在寒冷的夜空下，准备最后一次松开码头的缆绳时，我对大家说，“也就再有12小时，就这么多了。让我们把船头指向南，开好这一程，不要犯低级错误。只要我们集中注意力，做好分内的事，我们就能安全抵达苏格兰。”

我们都明白各自的职责所在。

“最后一战。”米克平静地说道。

大家都松了一口气，目标近在咫尺。可我们的心中竟然升起了一股淡淡的失落，我们再也无法齐心协力克服艰难险阻了。

当然，我们以后还会一直保持联系，有时间也会见见面，一起笑着回忆一下我们当初一起共渡的难关。然而，现实是，一旦我们踏上英国的土地，那种如此强烈、珍贵的凝聚力就会消失得无影无踪。

这就是事实。

“我想第一个掌舵，可以吗？”查理请求。夜晚是如此美好，他接过舵。

水面上几乎没有风，港湾的水面上映出月亮的样子。我们松开绳索，安静地离开了法罗群岛。

我们之所以凌晨3点离开，是因为早早出发就会在白天到达苏格兰，这样我们就可以看到这次探险的终点站。这多好啊！

事实上，我们想比原计划更早离开，但是六七级的风一直在我们的南边刮着，我们的气象学家麦克·唐恩建议我们等风过境之后再出发。我希望它们现在已经离开了，但为安全起见，我们一直等到他建议出发的时间才动身。

托尔斯港闪烁着稀疏的灯光，这个位于法罗群岛上的小镇，很快就被我们抛在了身后。我们再次离开那些善良而慷慨的当地居民。真不明白港口城市的居民为何都对我们如此热情？这简直就成了这次探险的特征之一：我们以陌生人身份来到一个相对与世隔绝的地方，离开时彼此却已经成了朋友。

前一晚我们补充燃料的时候，人们都热情地靠近我们的船，和我们攀谈，大多数人只是想摸摸船，祝我们一路顺利。和其他我们到过的偏远的地方一样，在托尔斯港，他们祝愿我们"风平浪静，一路顺风"。

但是最重要的，他们看起来似乎都为我们、为他们自己腾出了时间，宝贵的时间。

这是我最渴望的：一个地方和一段可以坐在这个地方的时间——摆脱匆忙，享受生命中的每一刻。我们常常会忽略，甚至忘记生命中还有这样微小而确切的幸福。

可能在世界上更发达的地方，我们的耐心反而更少。我们什么都想要，而且马上就想得到。我们完成一件事就匆忙地赶着去做下一件，却从没有时间为真正重要的事驻足，我们的生活变得混沌一片。多少次，我挣扎着去回忆自己昨天到底做过些什么，却几乎一无所获，更不要说上星期的事情了。这真的很糟糕。

“你现在忙吗？”我们总是听到别人这么问，仿佛忙碌就是我们所要追求的目标。这是一个友好的日常问候，却着实说明了问题。我想我们都太忙了，以至于我们忘记了自己到底是谁。

我曾经看过一句话：“人心如深水。”

难怪这么多人都在不断地寻找自我认同。我们终其一生碌碌无为，以至于没有时间寻找自我，没有时间倾听那深水中的声音。

在拉布拉多海港口，人们劝我们别急着出海，希望我们能够避开强劲的北风，但我们没有听取他们的建议，还是一头扎进了风里。

也许当时我们应该多听听他们的建议。

这次探险中有两次，我们因为匆忙赶路而差点遭遇灭顶之灾，一次是在圣玛丽，另一次是在纳诺塔里克。

当东方破晓，泛出鱼肚白的时候，才刚刚5点，我们正在顺风的情况下以大约41千米/小时的速度朝着家的方向飞驰，我们都相信我们一定能够安全返航。我拿出录音机，小心翼翼地走到前甲板：

目前看来一切顺利。气象预报显示天气良好，顺风顺水，如今看来，情况确实如此。此刻，强风已经过了这片海域，剩下的都是浪尖，在后面为我们助力——这是之前恶劣天气的余波。这艘快艇现在看起来太棒了，充满了生机，我觉得它历经了北极海域的淬炼，变得无坚不摧。我不想离开这艘快艇，它完成了所有我们要求它做的事，我永远不会忘记1月份船展开始的那个晚上，当时我抚摸着船身祈祷我们会一起取得最后的胜利。

面对大海上的狂风巨浪，它从来没有畏缩过。

我独自一人坐在船头，阳光比探险中以往任何时候都耀眼。海水翻滚着，和我们一起律动着，快艇在海浪间穿梭自如。

团队中的每个人都很优秀。想要四个伙计一起陪你冒险是很少见的事，特别是这件事除了在困难的时候大家团结在一起，并没有什么回报。他们在两次恐怖的暴风雨中表现出的勇气与毅力，实在让我印象深刻，既感动且佩服。在过去的几个星期里，他们几乎赌上了一切，表现完全超乎预期，证明自己比想象中还要勇敢坚强。发现这一点是件好事。

昨晚我收到一条短信，著名主持人大卫·弗罗斯特邀请我参加他这星期日上午的节目，但是现在我坐在这里，感觉这事情离我太遥远了。老实讲，我更愿意待在这里，和他们在一起，远离那个光怪陆离的世界。

在内心深处，大家都十分渴望看到苏格兰。那是我们唯一谈论的话题。

很快，就轮到我掌舵了。我的目光经常会从海面飞快地转移到显示剩余里程的罗盘上，我很幸运地看到了数字从 100 变到 99 的那个时刻。查理在我之后掌舵，看起来他进展得也很顺利。奈杰尔探过身子并直直地盯着控制台上的那个小屏幕，屏幕上的小箭头显示我们前进的方向，它现在正指向 180 度的反方向上。

“查理，你在往哪里开？”奈杰尔问道。

查理没有回答。

“苏格兰是这个方向。”奈杰尔大笑着指向他的身后。

查理很快意识到自己的错误，调整了舵。刚才有几分钟，他完全沉浸在自己的世界里，走神了。

“你落下什么东西了吗？”奈杰尔逗他说。

“是啊，那些冰岛女孩，”查理笑着回答，“我就是忘不掉她们。”

我们已经离家很近了，即使绕了远路，也让我们很开心。

“还有多远？”我问。

“大约98千米。”奈杰尔回答，“对不起，现在是大约100千米了。”查理狠狠地拍了他一下。

一小时之后换成米克来掌舵，安迪睡觉去了。此时苏格兰离我们越来越近，但仍然看不见。我们很快就能看到它了，我暗想。

所有人都陷入了沉默。

忽然，不知道从哪里传来一个可怕的声音。我知道大事不妙，引擎快不行了，转速急剧下降，无论安迪怎么加大油门都没有反应。

几秒钟内，我们陷入了寂静。

不会吧，天啊，不要在这么近的时候，请不要这样，我暗自对自己说。我们会好的，它会再转动起来的。我们能够解决问题，只要换另外一个油箱就能让引擎运转，问题很好解决，不是吗？

安迪跳进引擎室，开始动手修复机器。

5分钟过去了。

我瞟了米克一眼，他开始有些紧张了，按理不应该花这么长时间的。

8分钟过去了，安迪换了一个油箱并尝试重新发动，但是引擎仍旧没有反应。

我们依然孤立无援地漂在大海上。

10分钟过去了。

我脑中思绪万千：我们怎么能在挺过拉布拉多海和丹麦海峡的暴风雨之后，困在离家这么近的一片平静的海面上呢？引擎必须转起来。

安迪拼命地尝试着。我什么话都没有说。

他又转动了一下钥匙，还是没动静。

12分钟过去了。

再试一次，我们又一次尝试着去打着发动机，啪的一声，一个火花闪过，紧接着是一声轰鸣，引擎迸发出震耳欲聋的声音。我们又可以前进了！

“还是都保持警惕吧。”安迪笑着说。

我们都咧开嘴笑了，如释重负。

小艇风驰电掣般前进。奈杰尔掌舵时，大家一起站在船头，肾上腺素在我们的身体里激荡。我们的目光一起凝视着前方的地平线，虽然还不能看到苏格兰北方的群山，但这一刻，我们等得太久了。

下午2点20分，我们终于远远看到了前方山脉紫色的轮廓。距离陆地还有大约53千米，终点就在眼前。

该给莎拉打电话了。

她原先计划到北边来和我们在苏格兰见面，但是杰西还小，让他安静下来并不容易，于是我就让她待在她母亲家里，因此我们还需等上一天才能见面。我知道，我们在苏格兰的时候会非常忙碌，要打理好快艇，接受许多媒体访问。我很乐意再等上24小时，然后在盖特威克机场同时见到他们母子。我等待得如此之久，从那么偏远的地方探险归来，因此我希望我们的这次重逢能够尽善尽美。

电话响到第二声她就接了。

“亲爱的，我们已经可以看到苏格兰了。”我尽力控制着自己的情绪，说道，“直线向前，我们讲话这会儿工夫，苏格兰已经越来越清晰了，我可以看到本洛耶尔山了。你记得吗，就是我们第一次见面时我拉着你爬过的那座山，那次其他人都有点恐高，还记得吗？它就在我们船头正前方。我迫不及待地想要见到你，我的天使。我告诉过你我们会平安归来，对吧？”

我能听出她语气中似乎是松了一口气，尽管她只是轻声说：“我的天，这次探险可真不怎么样。”

我抬头看着本洛耶尔山，它们仿佛也在看着我们，并希望我们勇往向前。空气中弥漫着神奇的魅力。

我们计划从这个小的入海口抵达苏格兰，这附近有座小屋，屋主是我和莎拉的老朋友山姆·赛克斯。

山姆·赛克斯和他的家人住在苏格兰北海岸，萨瑟兰郡一个叫金洛克的偏远小地方。很多年前的一个新年，我和莎拉在那里相遇，那是我记忆中最美好的日子之一，那时我住在山姆那里，接受登山训练，那是1998年，再过两个月我就攀登珠穆朗玛峰了，我的心中丝毫没有恋爱的想法。

我每天都去登山，不断逼着自己努力训练，为未来几个月在喜马拉雅山的艰苦跋涉做着精神和身体上的准备。当时我离群索居，心无旁骛，可能还有点不太好相处。然后这个叫莎拉的女孩穿着件有点破旧的红外套进入了我的视线，从此我的人生就不一样了。

我们一起编排傻乎乎的舞蹈，在树林中亲吻，直接穿着靴子睡在沙发上，身上盖着我那件粗呢外套。一直以来，金洛克对我们两个来说都是特别有纪念意义的地方。

我计划跟山姆，还有他的家人、朋友和赞助商，在金洛克几千米外山姆的船上来一场非正式的聚会。晚上，我们就在他的小木屋里过夜。第二天早上我们将沿着海岸线抵达约翰·奥格罗茨港，参加正式的回家欢迎会。

然而，对我来说，唯一也是真正的返乡，就是我们到达金洛克的时候。五个人站在船上，聚精会神地盯着前方，远远地看着金洛克入海口那个兔子岛的轮廓。

然而，在山姆这边，计划进展得并不是很顺利。两位从苏黎世赶来的亚诺表赞助商艾瑞克和琼-玛丽，在苏黎世到印威内斯的路途中有所耽搁。尽管出现了电影《一路顺疯》中在马路上横冲直撞的场景，两个精明的瑞士商人像赛车手一样开着一部租来的小车，飞奔在狭窄的苏格兰街道上。但他们还是没能及时赶到这个偏远的苏格兰小镇，到山姆的船上与我们在海上见面。

所以最后现场只有克罗伊、查理的父亲詹姆士·莱恩、亚历克斯·雷纳、摄影师杰米·柯蒂斯，还有安迪的女朋友洛林——她费力地登上山姆的船，急切地冲进迷雾中，在苏格兰波涛翻滚的大海上搜寻我们。

由于我们两艘船的航道并不在一条直线上，因此联系起来也并不容易，有时候他们看不到我们，有时我们看不到他们，无线通信时断时续，信号非常不好。

终于，当我们的船慢慢靠近时，克罗伊发现地平线上出现了一些浪花，他们看到了期待已久的黄色小快艇出现在地平线上。这时我们再用无线电通话，声音也变得非常清晰，对讲机那头传来山姆的声音。

“我想我们看到你们了。”山姆兴奋地大喊着。

我们的船在翻滚的波浪中一路开过去。他们疯狂地向我们招着手。但是我们仍然看不到他们。没多久，右舷那边出现一个小蓝点，他们出现在我们眼前了。我们又用无线电通话，他们听到了我们的声音：

“‘亚诺探险’号呼叫山姆——我们在你的视线范围内，我们要回家了。”

我们围着他们的船转圈，向他们疯狂地招手。山姆兴奋不已，克罗伊兴奋地尖叫，而洛林哭了。我们做到了，马上就要成功了！山姆的船护送我们进入一个美丽的白沙湾，我们把快艇开到沙滩上，最后一次熄灭引擎。然后跳上海岸和大家拥抱在一起，在海浪中兴高采烈地蹦来跳去。

在他们护送我们上岸的时候，艾瑞克和琼-玛丽两人终于赶到了，时间刚刚好。当他们的车在海滩上打滑的时候，他们看见了我们的船。

我一看到艾瑞克，就越过海滩跑到他站着的地方。我太想感谢他了，是他帮助我们梦想成真。当我过去抱住他的时候，他也紧紧抱住了我，从我的干燥衣领口冒出一股难闻的没洗澡的味道。那太可怕了，他后来告诉我的时候，我们都笑了。

在大海上穿行大约4828千米，想在艇上搞好个人卫生简直是不可能的事情。尽管如此，值得赞扬的是，每天早晨安迪还是一丝不苟地刷牙。不论到哪里，大部分的时间里，不管是睡觉还是其他什么事情，我们都穿着这身装备。

我又抱了艾瑞克一次，表达我心中的感激。

我们把不同长度的绳子系在一起，这样就可以确保我们的快艇能安全地固定在港口。然后我们开了一瓶顶级法国玛姆香槟庆祝胜利返航，艾瑞克和亚历克斯向我们敬酒祝贺，安迪亲吻着洛林（可怜的女孩！安迪臭得要死）。那一刻，真是太美好了。

在宁静的苏格兰海滩，我们和为数不多的几个最重要的人一起，庆祝我们平安返航。我们曾面对冰封的海洋，与之殊死搏斗，但我们幸运地活了下来，平安归来。

一会儿后，我们开车到山姆家，把我们的装备成堆地扔在那里。然后我漫步到他房子下面的那条小溪边，以前我和莎拉经常在这里游泳。溪水经过岩石一路涌动着流向水塘。我脱掉衣服，站在水塘边突出来的岩石上，纵身跳进水里。当我抬起头换气的时候，这两年来郁积在我内心的恐惧、紧张和不安等所有情绪都一扫而空，此刻，我才真正地放下心。我情不自禁地笑了起来。我曾经很害怕不能信守对莎拉的承诺，不能平安回来，但是我们做到了。我甩了甩头上的水，深吸了一口气，再一次潜到水里。

我们在法罗群岛和克罗伊通电话的时候，她问我们，在金洛克的第一晚，要不要给我们准备特别的晚餐？我们只有一个要求：带所有配菜的烤牛肉。我们终于如愿以偿。

我们就像国王一样享受着美食，更确切地说，大概像国王亨利八世，我们把最好的那层牛肉从巨大的骨头上咬下来，吞下。我们讲着同样的老笑话，大笑不止，还喝了许多高档红酒。这简直是最好的一餐——舒适、亲密、狂热，而且置身于自然之中。

当我们围着桌子坐下来的时候，对我们所取得的成就，我感到非常自豪，对陪伴在我们周围，帮助我们的人，我发自肺腑地充满感激。

对这次探险，对我们所经历的一切，每个人都有自己独特的感受。

查理回忆说：

当我在苏格兰的海滩上见到父亲的时候，我对他说的第一件事就是，我真不敢相信大约4828千米的航程中，五个人挤在一艘船上，忍受那么多紧张和压力，没说半句丧气话。

这次探险中我们之间产生的那种凝聚力真是太不可思议了，它让我乐在其中，要问用什么词来概括我们乘一艘开放式硬底橡皮艇在大海上的经历，我想最具有代表性的词恐怕是“暴露”一词了。

到现在我才真正理解它的含义。在快艇上，完全没有任何东西可以让我们免受强风巨浪的侵袭，它们拍打在你的脸上，一刻不停，把你浸湿，海水的盐分烧得让你无法忍受，噪声大到震耳欲聋，寒冷的天气让你感到麻木，让你筋疲力尽。

当然，探险的过程不总是有意思的，也有百分之百的恐惧。然而，总的来说，这算是最动人心弦的一次探险了。我们感受到生命如此脆弱渺小，但是最终我们还是死里逃生——所以那些经历，也不算是什么坏事。

人们还是会问我在大海上是什么感觉，我能想到的最合适的比喻就是，像开着一辆敞篷车停在洗车房里，和四个男人一起在零下的气温里生活了两个星期，其间还经历了地震。

有一阵子，我的父亲问我是否因为这次探险而有什么改变，我老实地回答他其实并没有什么改变。我的生活仍然在继续，也许和以前相比我学会了更珍惜身边的事物，但这都太微不足道了。能有如此不同寻常的探险经历，我深感荣幸。

安迪回忆说：

从某些方面来说，它结束得有点让人措手不及。我感觉自己就像一个厨师，花了很长时间准备一道佳肴，20分钟它就被吃光了。对我来说，这16天的时间就像20分钟一样短暂。

这是一次很棒的经历。其间经历了美好，也遭遇过艰难险阻，但没有过不了的难关。尽管因为恶劣天气，在我们动身前往冰岛的时候我有过不祥的预感。

现在回过头来看，大海当时确实可以对我们更加凶残。我想我们都意识到这次侥幸脱险只是因为运气好，假如任何环节出了差错，结局可能完全不同。我们这次惊心动魄的探险就不会有这么圆满的大结局。

最终我们还是安全返航了。再过几天，我就要重新回到“纽卡斯尔”号驱逐舰上服役，我一定会想念和大家并肩作战的日子，也会庆幸自己曾有过如此非同寻常的记忆。

这段话显示了安迪一贯的谦逊。我的军中战友车瓦克说安迪“是那种能让英国赢得战争的人”——他谦逊、勤劳、可靠，且极具韧性。他的表现彰显了皇家海军非凡的荣耀，我真庆幸，今生能遇见安迪这样优秀的朋友。

我们返家几个星期后，我意外接到安迪的来电。他已经回到了所驻守的“纽卡斯尔”号驱逐舰上，那个大约125米长的大家伙，此刻正在苏格兰外海巡逻，海面上飓风骤起，他登上驾驶台，一动也不动地站着。

“那情况和当时我们在冰岛外海所遇到的暴风雨几乎一样。”他告诉我，“八级大风，到处都是白茫茫一片。”

他能看见的就是白花花的海浪不断地冲向船身，成吨成吨白花花的海水漫过甲板。他说直到那时他才意识到我们当时是怎么咬牙挺过来的。

“也许当时你的脑子会屏蔽那些感觉。”他说，“但是在这里，在舰桥上面，我所能想到的就是，当时我们乘着那么一个小快艇就出海了，简直就是玩命。”

奈杰尔回忆说：

我以为，这样一次探险应该比其他事情都能开阔我们的视野。对我来说，以前我从来没有在这么长的时间里，与死亡如此之近。我记得自己曾这样想过：经历了那次探险，还有什么难关是我克服不了的呢？我怎么能因为迫在眉睫的截止日期或生气的顾客而忧心忡忡呢？

然而，这种感觉很快就消失了，很快我又陷入原来的生活。

也许人都是事后才会后怕，如果我事先知道会是这个样子，我不确定自己会参加这次探险，我再也不想让自己身陷危险的环境了。

但它终归是一次奇妙的旅程。从中我发现自己的适应能力是如此强，即便因为冻伤，我的脚趾头再也没有任何感觉了。可我从中找到了自信，我也可以成就非凡之事，为此，我终生感激。

米克回忆说：

1998年，从珠穆朗玛峰回家后，我告诉人们，在山上的这3个月里我所经历的心路变化，远比过去的23年还要多。而我对这次探险的第一反应是，在海上的这几个星期，有和在珠穆朗玛峰相似的感受。这是一种令人难以置信的体验。

不论是体验恐惧还是享受友谊，能成为这次探险团队中的一分子，我深感荣幸。我们是一个小而亲密的团队，穿越逆境去达成目标。当你在距离陆地大约483千米的大海上，为了活命在恐惧中和凶猛的大海搏斗，那个时候你就能明白生命真正的价值，你就能懂得真正的活着是什么感觉。

就算明天我要再次投入探险，我也愿意。但是请不要让玛丽或我的母亲知道。我想当你经历过类似的事情后，你就学会了尊重生命。它会让你有所领悟，也会提醒你生命可以如此灿烂。

每个人都有选择的权利：你可以离开这里去做些什么，你也可以干坐着抱怨自己的工作。我想我们都应该行动起来，那才是明智之举。我永远不可能错过这个机会。

金洛克晚餐结束前10分钟，米克站起来说他有话对我说。房间一下子安静了下来，我突然觉得当着大家的面有些不好意思。

米克看着我停顿了一下，表情也变得十分严肃。他继续说道："我想，作为领导者就是要带着大家度过那些关键时刻，在午夜的海上，在暴风雨中，当我们最需要你的时候，你为大家挺身而出。我谨代表队员，感谢你带我们平安归来。"

他走过来，握住我的手。

这也许是我听过的对我最好的赞颂之词了。

14

下一个目标是

卓越的品格并不是与生俱来的，是通过思考、抉择、勇气和决心共同铸炼而成。

——“圣雄”甘地

第二天早上，我们驾着“亚诺探险”号沿着海岸线向约翰·奥格罗茨海岸航行。亚历克斯·雷纳邀请所有的媒体到场，抵达海港时，我们挥舞着皇家海军专为这一特殊时刻而借给我们的白色舰旗。我们全都举起双臂，这更多是出于解脱而不是胜利。

接受了一小时左右的采访后，我们最后一次整理这艘快艇，并为自己照了一些照片。然后这艘承载我们的骄傲和欢乐的快艇被一辆老旧的牵引车粗暴地拖出水面，吊上一辆卡车运往南边。不知道其他人在想些什么，就我个人而言，我突然感到有点失落。

我们完成最后几个采访的时候，一个老太太向查理走过来，气氛也一下子变得轻松起来，她仔细地上下打量着查理。

“你们可真够疯狂的！不过在这样好的天气里横渡也是一件很幸运的事嘛。”她露出亲切的笑容。英国近来一直沐浴在热浪中，所以她根本不知道，置身大海中的我们，刚经历过人生中最寒冷的时刻。

查理也回以微笑，和她握了握手，很有风度地在她的约翰·奥格罗茨卡上签名。我们沿路回到山姆的家，准备第二天一早从伊凡尼斯搭机到盖特威克机场，我的妻子和儿子已在那里等候多时。

当我经过盖特威克机场入境大厅时，一眼就看见了被莎拉抱在怀里的杰西。他的眼睛睁得大大的，专注地看着周围的一切。机场真是太有趣了，我猜他在这么想。莎拉的亲吻告诉我，我是真的到家了。

几个星期之后的一个早晨，我很早就醒了，翻身看到睡在我身边枕头上的杰西，他也很早就醒了，莎拉把他抱过来让我好好抱抱他。

当我注视着他天使般熟睡的脸时，我才意识到这个天真而弱小的婴儿对我的影响力。有多少次，当我在暴风雨肆虐的海上之夜，想到自己可能再也没法见到他，再也不能尽一个父亲的责任时，心中都会升起一股无穷的力量支撑我挺过来。

这真是太神奇了，在那些危机中是他赋予我如此的力量。当然，他根本不知道我们在海上的经历，不知道自己曾经给予我战胜困难的勇气。

我回头看莎拉，我的儿子和妻子，肩并肩睡在一起。就在这一瞬间，我明白他们对我来说有多重要。他们就是我的全世界。

有时候回头看这一切，我会想，绕了一大圈，才发现家最重要。

我之前刚从约翰·奥格罗茨下船，踏上陆地不到5分钟，媒体记者就抛出了这个不可回避的问题。对此我还没有准备好，甚至我还有些不敢相信竟然有人问了这个问题。

“那么……贝尔，你的下一个目标是……”记者问道。

我当时还穿着我的防水衣，眼睛紧盯着他，几乎无法回答他的问题。我甚至还没有见到我的家人呢。

“嗯，有计划了一定记得告诉我们。”他继续说。

但事实是，我不确定自己还想再经历一次这样的探险，那种可怕的境地，几乎没有可以回家的机会。我不确定我还有勇气。

如果你可以读懂我的内心，你就会看到那团火还在燃烧，但它为我的家人而燃烧。我想和他们在一起，保护他们，和他们一起消磨时光。我想成为好丈夫，成为杰西的好爸爸，就像我的父亲。我想教会他航海，教他登山，我想陪着他长大。我不希望自己消失在哪个伟大的探险中，从此再也回不了家，对小家伙来讲，一个死去的英雄没有什么意义。

那不就是我想要的生活吗？在生和死之间走钢丝？勇者无畏？

也许吧。但是我想活着。

仅此而已。

事实上，我们回来后的前几天，应该是前几个星期，从媒体到赞助商，到皇家海军，再到快艇制造商，很多人需要我留点时间给他们。这似乎永无止境。我已经开始渴望过平静的私人生活了。

不可避免，我的行程表上被安排得满满的。演讲的邀约远超过从前。我们才回来短短一个星期，我就接受了《蓝色彼得》、BBC 早间新闻、BBC 儿童频道、《今夜伦敦》等节目的访问，还参加了南安普敦船展。这太疯狂了。

我们收到不同的人寄来的贺信。对我们毫发无损从北大西洋胜利归来，大家都表示松了一口气。其中最可爱的一封是我的舅公爱德华写来的，我想他也跟其他追踪我们航程的人一样，密切关注着这次探险。

他信中写道：

祝贺你们五个凯旋。不要以为这没有给你们的家人和朋友带来难以承受的焦虑，特别是当你们的通信系统失灵的时候，大家都急得像热锅上的蚂蚁……大海是那么险恶，为了不让你们的家人心脏病发作，请不要再做这种糟糕的事了，对我这么大岁数的人来说，心脏病可不是一件好玩的事。

93 岁高龄的他依旧幽默风趣，这封信写得太妙了。

舰队副总司令马克·斯坦诺普海军中将，也不辞辛苦代表海军写信给我们：

在你们这次史诗般的航行落幕之际，我代表我和第一海务大臣向你们表达最诚挚的祝贺。不论什么时候横渡大西洋都是一次历险，而要乘坐一艘小型充气式硬底快艇完成这一切更是壮举。我每天都在关注你们的行踪，我们很清楚在某些航程中你们遇到了极为恶劣的天气。但是你们仍然成功克服了困难，平安回家——干得漂亮！

回到伦敦后，我抓住空闲，找我的朋友泰德·海伍德打了一场壁球。回来可真好，可以再见到丹尼和尼基还有其他一起健身的朋友们。泰德津津有味地给我讲，出于巧合，他的母亲也登上了一艘名为“珍珠”号的游艇，和我们同一时间驶往冰岛，当然，也遇上了同样的暴风雨。

泰德继续说道：“她说她们身陷飓风之中，一个巨浪从侧面袭击了邮轮，推转了船身，向甲板上倾倒了成吨的冰水，装饰品和餐具都滑下了餐桌。船长下达了返航的命令，因为情况太糟，航行无法继续下去了。”

丹尼冲我笑着摇了摇头说：“你们这些疯子。”

“而且，贝尔，”泰德继续说，“在那种恶劣的天气中，邮轮也只能返航，这关系到上百付费旅客的生命。”这件事很好地呈现出我们幸存下来的那晚，情况是多么糟糕。我后来输了那场壁球赛。

其他一些渐渐浮出水面的小事，也证明了我们能毫发无损，完成这次探险是多么幸运。

我们的快艇在许多公开场合展出后，被送到那个给我们提供喷气式推动器和齿轮箱的公司进行检修。那里的工程师发回报告说，引擎中有一条传送带已经磨损得非常厉害，据他们估计，在海上顶多能再坚持20分钟。他们从来没有见过磨损如此厉害的传送带，但不知为什么，它竟然还能正常工作。

“那没有关系，”我回答说，“我们的发动机室里还有两套备用的呢。”

“是啊，我们看到了，”工程师说，“但是给你们提供的备用品型号是错的。”

幸运之神一直在眷顾我们。

但还不止这些。

之后，我们的快艇就停驻在索伦特海峡。一个傍晚，在赞助商企业日活动即将结束的时候，喷气发动机进气道卡了一段绳子。无奈，我们只好把船拖回港口，在那里我们解开了卡住的绳子，然后就把船放在那里了。我们认为，它已经为我们的下一个企业日活动做好准备了。

第二天天刚亮，我就接到电话。是本布里奇城航海俱乐部的一个船夫打来的，我们的艇就停在那里。他的情绪相当激动，他说快艇进水了。喷气机外壳有些漏，前面的船体没进水里，引擎整个泡在水中，齿轮箱和电子设备都毁了，简直是一团糟。我们设法修复快艇，耗时一个月才修好，最后我们的赞助商综合保险公司收到了将近25000英镑的账单。

如果绳索卡进喷气发动机进气道，发生在我们之前抵达任何渔港的时候——这事极易发生，特别是我们通常在晚上抵达——这次探险就会立马结束。

我们真是太幸运了，是上帝的恩典护送我们回家。

我们按计划回到伦敦的第一个星期在伦敦市圣凯瑟琳码头举办了一场派对。一部分是庆祝我们安全返航，但重点是感谢我们的赞助商，并正式向威尔士亲王信托基金递上一张支票。

那是这些天来最美好的一天。阳光明媚，我们五个穿着探险的抓绒衣，周围全是帮助我们完成这次探险的功臣：我们最亲的家人、朋友、宾法特上校、伦敦总部成员、所有主要赞助商，包括美泰玩具公司和美国计算机科技公司。

派对快要结束时，亚诺表的艾瑞克和琼-玛丽带来了意外的惊喜，他们拿出一位老法国探险家的亲笔信，信写在一张带有皇家地理学会信头的信纸上，信来自20世纪初，这位老探险家是最早的一批北极探险者之一。这可真感人。

歌手威尔·杨代表威尔士亲王信托基金接受了这张支票。作为威尔士亲王信托基金大使之一，他将会支持我们。他对所有人都非常友好，包括所有的孩子，甚至能忍受我的两个年长的亲戚拖着他们虚弱的腿从人行道跑过来找他要签名。我必须承认我也对他着迷，但最重要的是他在现场也玩得很开心。

“你一定松了一口气吧？”威尔问我。他是对的，虽然从一开始大家就在这么说，可是之前，我从来没感觉自己松了一口气。

“有了赞助商你一定松了口气”“那个船到了新斯科舍你就能松口气了”“有足够的燃料到达格陵兰岛你一定松了口气”……

一遍又一遍，我会微笑着回答他们：“嗯，差不多吧。”

事实上，直到在圣凯瑟琳码头举办的派对结束时，我才真正松了一口气。在这之前，我一直都绷紧了弦，总感觉还会有事发生。但现在不会再有了。

在伦敦那天，整个下午阳光都照在我们身上，但是当最后一个客人离开时，竟下起了毛毛细雨，莎拉说我是“最幸运的人”。

这是个完美的结局。

我们五个人很快互道再见，回到我们各自原本的生活中了。

现在，当我回想起来，整个探险给我留下最持久的印象是五个人汇聚成一个了不起的团队。作为整体，我们克服困难，最终坚持了下来。

优点在于，我们依然凭本能做出正确判断，全身心地追逐目标，在需要的时候互相照顾。我们是一个很特别的组合：一个海军军官、一个测量员、一个网络商人和一个摄影师。他们都是普通人，但是在关键时刻，他们就会迸发出非凡的勇气和精神。

最重要的是，我们都是好朋友。

是的，我为我们所取得的成就感到自豪，但是我更为我们取得这一成就的方式感到骄傲。就像在海滩上听到查理告诉他的父亲，他简直不敢相信我们之间竟然没有发生任何形式的争吵；在金洛克的晚宴上，听到米克对我的赞词；在约翰·奥格罗茨岬角被安迪和奈杰尔拥抱的感觉，这些会永远地存留在我的记忆中。

安迪休了两天假，关机安心陪女朋友洛林，然后直接回到海军部报到了。就他在工作中的表现来看，他越来越好相处了，从那时候起他就一直在“纽卡斯尔”号驱逐舰上。

奈杰尔回到了卢森·米歇奈尔资产鉴定公司，他回去工作的第一天就被邀请参加在索伦特海峡的公司日，就像他暂时还没有受够海水一样。

一如既往，米克换下他的探险装备，穿上工作装，直接投入建设迪斯克力帝国的工作中。但是大西洋让他付出了代价，三个星期后他打电话给我说，他还是有种被耗尽的疲惫感。听到还有其他人跟我一样有筋疲力尽的感觉，令我很宽慰。

查理回到曼彻斯特继续他的电视摄影师生活。他的工作意味着我们仍有机会碰面。我们帮第四频道在布雷肯比肯斯国家公园做的一系列冒险节目，由他担任摄影师。在威尔士山零度以下的冬夜里，查理和我一起躺在湿透的水沟里，他嘟囔着说自从遇见我，日子一天比一天冷了。我听了大笑着向他道歉。

我们队伍的第六个成员，是我们忠诚的快艇，我们在船上完成了所有赞助商的企业出海日，并跟它告了别。我们现在正在为它寻找赞助商，希望能把它捐给海洋慈善机构子午线信托基金会。这个信托基金会为残疾孩子提供体验大海的机会。我希望能促成此事，让这些孩子能从这艘了不起的船中受益。在暴风雨中的茫茫大海上，我们的身家性命全都系在它手中，而它也从未让我们失望，总是让我们逢凶化吉。我希望其他人也可以像我们一样爱它。

对我来说，这次带队的经历比我想象的要严苛艰难许多。

我脑子里邪恶的那部分希望当个领导者可以多睡会觉，但实际上总是睡得更少。

实际上，要想成为好领导，你必须成为晚上最后一个睡觉早晨第一个起床的人。有时候，安迪会在凌晨5点起床，更换滤油器，在这种情况下，我也跟着起床，先和他一起喝一杯茶。然后，到了中午安迪可以抽空去睡一小时，而我则必须和米克一起上网，查看最新的天气预报。

在之前的探险中，我总是那个赖床的人，但这次，身为领导者的责任感，让我必须以身作则。每次想来，我都觉得这是件好事，从结果来看是非常值得的。

但是下一个目标是什么？这一次，这个问题不是来自记者，而是来自我内心。

有时候我发现，人们会通过探险家去感受自己的梦想。这是一种对生活的逃离，是用一种安全的方式满足自己对危险的渴望。但我不认为我会为了满足别人的渴望，而赌上自己的身家性命。

当被问及“下一个目标”时，最简单的回答就是乔戈里峰，或者南极。这说起来都很容易。但从许多方面来说，这些都是懦夫的答案。

不论是探险者、登山者还是军人都代表着勇敢。但往往我们没有说实话的勇气。

勇敢到能大声说出：“现在，我有点害怕。”

勇敢到能大声说出：“现在我非常脆弱，我不确定我已经决定好了。”

我希望自己可以足够勇敢地说出这些话。

但我可以确定的是，生活远不是凡事都要争第一，不是一次又一次超越之前的成就。

我不想过那样的生活。

我们常常生活在别人期待的阴影下。可一旦我们按照别人的要求做，我们就失去了自己的力量，魔法也就消失了。我不希望这样。我希望一直像现在一样生活——凭心而行。

我希望可以与自然为伍，生活在美丽且相对与世隔绝、远离大城市喧嚣的地方。在那里，我可以自由自在地生活。

我当然也希望与人建立联系，不管是在一艘小船上还是在高山上，面对听演讲的听众还是在电视机前的观众，甚至通过我的书认识我的读者。最重要的是，这能给予他人以关怀，也能残忍地面对真正的自己，甚至是面对自己的伤口。对我来说，有时这真是一个挑战。

我只希望大家知道我只是普通人，和大家一样，我也有很多疑问、挣扎，有时也会十分懦弱，但只要我们能坚持不懈，就能克服困难，也许还能发现自己变得更强大了。

对我们来说，真实情况是我们在珠穆朗玛峰以及冰封的北大西洋，都承蒙幸运之神的眷顾才得以生还。就算不是数字家也能意识到，你不可能赌运气生活，还保证一直能赢。

我想到我已故的朋友吉妮·哈瑞森，她的故事就足以证明我说的话。我们第一次见面是在尼泊尔登山的时候。后来我们一起攀登那座所谓“无法攀登的山脉”——喜马拉雅山脉阿玛达布拉姆峰，那是我们挑战珠穆朗玛峰的前一年。吉妮是个友善、坚毅的漂亮女人，或许她是她这个年纪里最棒的登山人。她聪明、做事谨慎，在我的眼里，作为登山人，她几乎无所不能。

然而，两年之后，她重新回到喜马拉雅山脉，尝试攀登另外一个高峰——她只是想锦上添花罢了，却遭遇了雪崩，就这样结束了生命。意外发生的前一个月，我们还在伦敦共进午餐。

雪崩并不是她的错，她什么都没有做错。人类是强大的，但是大自然更强大。如果你总是玩概率、赌运气，你会发现，你不可能总是赢。

我可不准备死在什么遥远的大山上或毫无意义的汪洋大海里。如果说我从那些狂野的自然力量中学到了什么，那就是活下去的决心。

几个月后，皇家地理学会主办一场会议，邀请"'亚诺'号北大西洋探险队"的全体工作人员来做关于我们经历的演讲。我们五人齐聚在那个位于伦敦海德公园南侧历史悠久、令人敬畏的会场中，分享了我们的探险故事。

那晚的最后，我站起来总结发言。我注意到侧门打开了，一些光线照亮了房间，莎拉抱着杰西出现在大厅里。杰西本来应该和往常一样在晚上 8 点 30 分睡觉的，但是莎拉还是想办法把他带到了这里。

一时冲动，我走下讲台，把杰西抱在了怀里。我们一起站在台上：我和整个团队，还有襁褓中的杰西。当杰西从帽子下偷偷观察人山人海的听众时，我感到人生中从未有过的自豪。

不久之后，杰西在我们的船上接受洗礼，就像我一直希望的那样。

牧师尼基站在甲板上，泰晤士河的秋风轻轻地吹进他的长袍，将他的袍子吹得鼓鼓的。

他伸手拿过那瓶 5 年前我从珠穆朗玛峰峰顶带回来的，并为这个特殊时刻一直保留着的雪水，轻轻地点在杰西的小额头上。就在那一刻，我们可爱的儿子完成了洗礼。

从一开始，这就是我的计划。

计划如期履行，靠的是上帝的恩典。

我希望杰西的祖父，我已故的父亲，在天之灵也为我感到骄傲。

我若升到天上，你在那里；

我若到阴间下榻，你也在那里。

我若展开清晨的翅膀，飞到海极居住；

就是在那里，你的手必引导我，

你的右手也必扶持我……

——《诗篇》（139：8—10）

不要害怕徒劳无功之举，有时会有意想不到的收获。

——佚名

航海专业词汇表

EPIRB frequencies—— 应急无线电示位标频率，通过卫星发射 406 兆赫兹的频率信号，接收范围覆盖全球。

GPS—— 全球定位系统，由 24 个卫星发射信号提供精确的定位导航。

PROP—— 螺旋桨、推进器。

payloads—— 有效负载重量。

helming—— 掌舵、驾驶，控制方向。

lifelines—— 救生索。绕在船身上的绳索，海员会把自己的安全带固定在救生索上面。

stern—— 船尾。

bow—— 船首。

prow—— 船首区。

foredeck—— 前甲板。

hull—— 船身或船底。

jet housing—— 内置螺旋桨的外罩箱。

lee—— 避风处、背风处。

fenders——船身两侧的缓冲带，防止船身受到损伤。

parachute sea anchor——降落伞式海锚，一种用于深海的锚。“降落伞”是纤维做的，充满水之后可以把船固定在相应的位置上。

Gortex——一种透气防水材料。

Chandlery——杂货店，一家销售航船供给品的商店。

jet drie——喷气推进，船只的一种推进力。

beam seas——横波，船侧迎风，船只前进时，风浪与船尾呈垂直的现象。

head sea——逆风航行。船只前进时，风浪迎面扑来的情形。

鸣谢

2003年“‘亚诺’号北大西洋探险队”赞助名单

www.arctic2003.com

冠名赞助商

瑞士英国公司 英国大师亚诺表

领衔赞助

英国皇家海军、英国每日电讯报、英国壳牌石油

英国电信集团、英国拉法基集团、美国计算机科学公司

英国诺维斯特风险投资公司、伦敦演讲局

MT集团、英国戴维斯·兰登 & 珠穆朗玛公司

维多石油、挪威西姆拉德公司、芬宁国际公司

赛捷企业、美泰公司

加拿大通用汽车

特别鸣谢

英国威尔士亲王殿下、英国航空公司

皇家地理协会伦敦分会

加拿大海军、丹麦海军

伦敦和南安普敦船展 、施罗德集团

英国空军特别部队第 21 空降特勤团 E 中队

英国幕斯托运动服饰公司

白衣服饰、航海综合保险公司

壁虎安全头盔、罗伯特·斯旺教授

动力海洋公司、野马游艇公司

朴茨茅斯冈沃夫码头、轮渡美食（补给）

帝里佛罗斯公司（补给品）、本布里奇城航海俱乐部

妙声系列（雷达反射器）、电子海图、海洋追踪系统

萨尔科技（救生装备）、巴恩斯特德国际（电热设备）

索德龙（燃料添加剂）、丹派尔公司（烘干系统）

新斯科舍航海学校、瑞顿铝业公司

赛斯达特（海上修理）、潘麦克米伦出版社

彼得·弗雷泽与邓禄普作家代理公司

乔治和卡罗尔·麦克费登夫妇、布鲁斯·卡梅隆

莫里斯和吉尔·玛施门特夫妇、克拉汉姆的建筑者们

克罗斯威特家族、莱恩家族

汤普森家族、利弗斯家族

普罗克特家族、维纳布鲁克家族

埃德·格里菲思及其家人、麦格雷戈家族、Hy Money 摄影

勒德格罗夫学校、佳能健身、德龙斯菲尔德科技

www.octavianart.com 艺术中心、三星门卫星通讯

铱卫星科技、卡拉比纳物流公司

FPT 工业公司（燃料系统）、西格玛科技公司

英国瓦伦纽斯·威廉母森航运公司

首相公关公司、法国玛姆香槟

坎宁安管理公司、联络传媒公关公司

韦伯瑞基金会、Cosalt 救生艇

平安海洋供应商、科·亨利·修 - 史密斯

果汁 + 、阿尔卑斯登山俱乐部

皇家海军航海中心、英国空勤特种部队协会

关于威尔士亲王信托基金会

威尔士亲王信托基金致力于帮助 14 岁到 30 岁之间的人，帮他们培养信心，学习新技能，找工作或创业。他们的口号是“是的，你能行”。他们鼓励年轻人，不管遇到什么困难，都要相信自己。

贝尔·格里尔斯担任威尔士亲王信托基金大使已三年，现在也是童子军主席，是世界范围内 2800 万童子军的名誉领袖，这一职位鼓励年轻人去学习冒险技能，并能够和好朋友们一起享受户外的乐趣。

你不知道的关于我的 25 件事

1. 我的《荒野求生》荣获“2012 年中国最具影响力图书”。

2. 有一次，我为洛杉矶道奇队比赛开球，我扔出的第一个球是着火的！

3. 我的双手非常灵巧。我在野外时，正是这双手帮了我好几次。

4. 我喜欢和我的三个儿子一块洗澡（11 岁的杰西，6 岁的马默杜克，3 岁的哈克贝利），还有 38 岁的妻子莎拉。但是真的太挤了！

5. 杰西（我的大儿子）3 岁的时候，我曾经带他去体验双人滑翔伞。他一点都不害怕，非常开心！

6. 我在家时会弹钢琴，或者弹吉他。

7. 我必须感谢来自伊顿公学的老师迈克·唐恩，因为是他鼓励我去爬山的。

8. 我有一辆古老的伦敦出租车，我经常开着它去接儿子们放学。

9. 拍摄结束后，我和团队通常会去丛林村庄里的酒吧喝酒，庆祝我们还活着。

10. 我的团队是我最棒的资源。

11. 人们会问我在家吃不吃虫子。当然不！

12. 我的家庭比工作更重要。

13. 我的鞋子里放着一张全家福。

14. 我在威尔士有一座“秘密的小岛”。

15. 我一个星期训练 6 次，但时间都很短，强度都很大，一般是 30 分钟。

16. 我最好的 5 个朋友从我 8 岁起至今未变。

17. 基督教信仰是我的精神支柱和力量之源。

18. 我每天都会和妻子及孩子们一起祈祷。

19. 我登上珠穆朗玛峰顶峰时像个孩子一样大哭。

20. 我最喜爱的书是劳拉·希伦布兰德的《坚不可摧》。

21. 8 岁的时候，海岸警卫队曾经救过我。

22. 我已故的父亲是我心目中的英雄，他教我学会了爬山。

23. 父亲教我“不要放弃梦想”。

24. 我另一个偶像是罗杰·费德勒！他真的超级棒！

25. “你的心灵港口可能会驶进信仰和恐惧两艘船，要记得只让信仰停泊。”这句话让我深受启发。